Jack London

L'appel sauvage

JACK LONDON

L'APPEL SAUVAGE

Adaptation : BH Créations

efR
ÉDITIONS DE LA FONTAINE AU ROY

2991

Pour la présente édition, Editions de la Fontaine au Roy, Paris

ISBN n° 2-84132-076-6
Dépôt légal septembre 1996

I.

La loi primitive

L'antique instinct nomade surgit,
Se ruant contre la chaîne de l'habitude;
Et de son brumeux sommeil séculaire
S'élève le cri de la race

Buck ne lisait pas les journaux : il ne savait pas ce qui était prévu contre lui et ses pareils vers la fin de 1897. En effet, dans toute la région située entre le détroit de Puget et la baie de San Diego, on traquait les grands chiens à poils longs. Ces chiens étaient habiles à se tirer d'affaire tant dans l'eau que sur terre ferme...

Les hommes avaient creusé la terre sombre et y avaient trouvé un métal jaune : L'or était enfoncé dans le sol glacé des régions arctiques. Les compagnies de transport avaient fait beaucoup de publicité sur cette découverte. Les gens se dirigeaient maintenant en grand nombre vers le Nord. Ils avaient besoin de grands chiens robustes. Des muscles forts pour travailler et une épaisse fourrure pour se protéger contre le froid.

Buck habitait une belle maison qui se trouvait dans la vallée ensoleillée de Santa Clara. On l'appelait « le domaine du Juge Miller ». On ne voyait presque pas la maison depuis la route; car elle était cachée par de grands arbres. On pouvait à peine apercevoir la véranda qui semblait large et envahie de fraîcheur. On accédait au perron par des allées soigneusement sablées. On pouvait profiter de l'ombre douce des hauts peupliers qui croissaient sur les vertes pelouses. La grande villa était entourée par un jardin immense et très fleuri. Les logements pour les domestiques se trouvaient un peu plus loin; une demi douzaine de valets bavards s'y agitaient. Puis il y avait les écuries spacieuses : elles étaient le domaine des grooms, ces jeunes valets d'écurie. Enfin, on arrivait aux petites maisons des jardiniers; on les reconnaissait à ce qu'elles étaient couvertes de plantes grimpantes. Beaucoup plus loin encore, l'interminable rangée des serres, les riches vergers, les gras pâturages, les champs fertiles et les ruisseaux chantants.

Depuis quatre ans, le chien Buck régnait sur ce beau royaume. Il en était le monarque absolu. C'était un animal magnifique qui ressemblait à son père, le gigantesque terre-neuve Elno. Il en avait hérité le poids et la majesté. Sa mère, elle, s'appelait Sheps; une fine chienne colley de pure race écossaise qui avait donné à Buck la beauté de ses formes ainsi que l'intelligence de son regard. Personne ne discutait l'autorité de Buck; il régnait sur tous les habitants de la maison, y compris sans nul doute le maître incontesté des chiens d'écurie. Il dominait les deux autres chiens de la maison, Toots, un carlin japonais et Isabel, un chien mexicain sans poil et d'aspect bien étrange. Buck était doux et majestueux. Il accompagnait le juge dans toutes ses promenades. Quand son maître se rendait dans la bibliothèque, Buck le suivait, et il aimait s'allonger à ses pieds devant le feu de cheminée. Il posait son nez sur ses pattes de devant, clignait ses yeux devant le feu. Rien de ce qui se passait dans la villa ne lui échappait! Dès qu'il apercevait au dehors les fils du juge, prêts à partir pour une promenade à cheval, Buck se levait, prenait un air digne et semblait leur faire une grâce en les accompagnant. Chaque matin, les jeunes gens prenaient leur bain dans un grand réservoir cimenté qui se trouvait dans le jardin. C'était une véritable fête que Buck ne manquait jamais : il considérait que c'était son devoir d'y participer! Il escortait aussi les jeunes filles dans leurs promenades à pied ou en voiture. Il jouait aussi avec les petits-enfants du juge : on voyait alors Buck courir sur les pelouses; porter les petits sur son dos, les faire rouler sur le gazon. Il faisait semblant de les dévorer et l'on voyait alors ses dents brillantes de tant de blancheur. Les enfants aimaient beaucoup Buck même s'ils en avaient un peu peur... En effet, Buck les surveillait étroitement. Il ne leur permettait pas de faire des choses interdites, très strict qu'il était sur la discipline qui devait régner dans la maison. En fait, tout le monde avait un peu peur de Buck. Et cela lui donnait la conscience de son importance. Buck était entouré en somme d'un respect quasi universel. Ce bel animal avait une dignité royale.

Buck vivait ainsi depuis quatre ans. Il était très content de l'existence aristocratique qu'il menait, mais semblait en être même un peu blasé. En fait, il était parfaitement content de lui-même et des autres, avec presque une certaine forme d'égoïsme. Malgré cette vie aisée et facile, Buck ne s'était pas physiquement alourdi. Faisant beaucoup de sport, il était resté d'une grande finesse. Il était sans cesse en mouvement, chassait, pêchait... Il aimait par dessus tout se désaltérer d'eau fraîche. C'était un merveilleux représentant de sa race. Il avait une large poitrine, une fourrure épaisse et douce comme de la soie. Ses pattes étaient droites et puissantes. Son front était haut et étoilé de blanc.

Il avait un regard franc, calme et attentif. Bref, il faisait l'admiration de tous.

C'est donc à cette époque que les mines d'or furent découvertes au Klondike. Ces mines attirèrent des milliers d'aventuriers vers le Nord. Or, il n'y avait absolument rien dans ces régions désertiques et nouvelles. Il fallait pourtant permettre aux émigrants de vivre ou de survivre tout simplement. C'est la raison pour laquelle on utilisa des traîneaux tirés par des chiens, puisqu'ils étaient les seuls animaux capables de supporter un froid aussi rigoureux.

Buck semblait fait pour jouer un rôle dans ce désert glacé de l'Alaska. C'est exactement ce qui lui arriva : il y avait au service du juge Miller un aide-jardinier du nom de Manoël. Cet homme avait une véritable passion pour la loterie chinoise. Il était marié et avait des enfants, mais son salaire était à peine suffisant pour leur permettre de mener une existence décente. En outre, Manoël avait un perpétuel besoin d'argent afin de continuer à satisfaire son vice du jeu... C'est par la trahison de ce misérable que l'existence de Buck fut complètement changée. Manoël ne recula même pas devant le crime, tant son besoin d'argent était pressant. Il devait en obtenir par n'importe quel moyen.

Alors que le juge et ses fils étaient occupés, un soir, le misérable Manoël appella doucement Buck, qui le suivit sans se méfier. Il pensait que Manoël voulait lui faire faire une promenade. Tous deux quittèrent la maison et arrivèrent bientôt à la petite gare du village où un homme inconnu les attendait. Celui-ci donna à Manoël quelques pièces d'or en lui disant qu'il n'aurait pas dû amener l'animal en liberté. Manoël passa alors une corde assez forte autour du cou de Buck. Comme le chien avait confiance en tous les gens de la maison, il se laissa faire avec beaucoup de calme pensant que les hommes sont sages et savent ce qu'ils font. Mais, quand l'homme inconnu voulut prendre la corde, Buck se mit à gronder : la corde se resserra aussitôt. Elle lui fit très mal à la gorge et l'empêcha de respirer. Buck en fut indigné; il se jetta sur l'homme, mais celui-ci serra encore la corde. Buck furieux et surpris, sa langue pendue, sa poitrine serrée, se tordait, impuissant. Il ressentait plus l'insulte que la douleur physique. Ses beaux yeux se couvrirent d'un nuage... il perdit connaissance. C'est un animal à demi-mort qui fut brutalement jeté dans le fourgon à bagages. Les deux complices avaient accompli leur forfait.

Quand Buck revint à lui, il comprit qu'il se trouvait dans un train. Il avait souvent accompagné le juge dans ses voyages en chemin de fer. Il connaissait donc ce moyen de locomotion. On lisait dans ses yeux la colère et l'indignation. Buck regarda autour de lui et vit l'homme qui l'avait acheté à Manoël. Fou de rage, il se jetta sur lui et la corde, une fois de plus, se resserra : Buck fut à nouveau étranglé...

Il eut cependant le temps de broyer la main de l'inconnu entre ses machoires puissantes.

Un homme d'équipe du train fut alerté par le bruit :

— Cette brute souffre d'attaques d'épilepsie, fit le voleur en cachant sa main blessée. Il y a un fameux vétérinaire à San Francisco. C'est là que je l'emmène pour le faire soigner. Ça vaut de l'argent, un animal comme ça... Son maître y tient...

L'homme d'équipe s'en alla, satisfait de l'explication.

Le train arriva à San Francisco. Lorsque le voleur en descendit, ses habits étaient en lambeaux, ses pantalons déchirés et le mouchoir entourant sa main teinté de rouge sombre... Le voyage n'avait pas été facile pour lui.

Buck à demi mort, le voleur le traîna jusqu'à une taverne plutôt louche. Là, il examina ses blessures et en parla au patron de la taverne :

— Sacré animal! Quel enragé! dit-il en buvant un grand verre de gin; cinquante dollars pour ce travail!... Par ma foi, je ne recommencerais pas pour mille!

— Cinquante? fit le patron. Et l'autre, combien a-t-il reçu?

— Hum!... il n'a pas voulu moins de cent pour cette sale bête...

— Cent cinquante?... Pardieu, il les vaut bien! fit le patron en toisant le chien.

Le voleur enleva son pansement et regardant sa main blessée avoua qu'il craignait d'avoir attrapé la rage. Le patron du café se moqua de lui.

— Pas de danger!... Une bête de luxe mais, il serait peut-être temps de lui enlever son collier de propriétaire.

Buck était étourdi et souffrait cruellement de sa gorge et de sa langue. Il voulut faire face une nouvelle fois aux deux hommes. Mais la corde brisa sa résistance. On lima le lourd collier de cuivre qui portait le nom du juge, puis on lui retira la corde du cou et le jeta dans une caisse renforcée de barreaux en fer.

Buck passa une triste nuit. Il ne faisait que penser à ses douleurs, ne comprenant rien de tout ce qui lui arrivait. Pourquoi ces hommes lui faisaient-ils mal? Dès qu'il entendait un bruit, il dressait l'oreille. Il pensait voir arriver le juge ou l'un de ses fils, mais, ce n'était que le patron de la taverne ou bien son compagnon de voyage. Alors, Buck se mettait à gronder sourdement.

A l'aube, quatre hommes prirent la caisse où se trouvait Buck et la placèrent dans un fourgon. Buck commença par aboyer avec fureur. Mais les hommes se moquant de lui, il alla se coucher dans un coin de la cage, immobile et silencieux.

Le voyage fut très long : Buck changea plusieurs fois de train. Le trajet dura pendant plus de deux jours.

Pendant tout ce temps, Buck n'avait ni mangé ni dormi. Il grondait quand les employés du train s'approchaient de lui. Pour le punir, ils le laissèrent sans nourriture. Le plus difficile à supporter fut la soif. Buck était habité de fureur. Une très forte fièvre le brûlait; il se souvenait avec douleur de sa douce vie passée.

Buck réfléchissait dans son âme de chien. Il était de plus en plus indigné par ce qui lui arrivait. Sa colère était augmentée par la faim qui le tenaillait. Le juge Miller lui-même ne l'aurait pas reconnu. Buck était devenu un animal presque sauvage. Les employés du train l'avait d'ailleurs appelé « la bête fauve ». Ils furent bien contents de débarquer sa caisse en gare de Seattle.

Quatre hommes soulevèrent la caisse et la transportèrent dans une cour étroite, entourée de hautes murailles. Un homme y attendait. Il portait un maillot de laine rouge. Il était court, trapu, et fumait la pipe.

Buck comprit que c'était son nouvel ennemi. Il se lança contre les barreaux de sa cage en poussant un hurlement féroce. Ses yeux étaient rouges, son poil hérissé. On pouvait voir ses crocs sous ses babines retroussées.

L'homme sourit d'une façon méchante. Il posa sa pipe, prit une hache et un énorme gourdin. Il se rapprocha de Buck :

— Dis donc, tu ne vas pas le sortir maintenant? s'écria l'un des porteurs, effrayé.

— Tu crois ça?... Attends un peu! fit l'homme.

Il donna un coup de hache sur la cage. Quand Buck entendit cela, il se mit debout. Il frémissait de colère et d'impatience.

— A nous deux, l'ami!... Tu me feras les yeux doux tout à l'heure! dit l'homme au maillot rouge.

Il fit avec sa hache une ouverture suffisante pour permettre à Buck de sortir, puis il rejeta sa hache et se tint prêt, son gourdin bien serré dans les mains.

Buck était très changé : son œil était sanglant, il avait de l'écume plein la gueule. Il se rua sur l'homme telle une bête enragée. Mais, au moment où il allait le mordre, il sentit un coup de gourdin sur son crâne. Il fut jeté à terre. Il se releva d'un bon et s'élança. A nouveau, il fut abattu. Sa rage grandit. Il se releva dix fois, vingt fois, à chaque fois arrêté par le même coup de gourdin. Il demeura enfin à terre, complètement à bout de souffle. Le sang coulait de ses narines, de sa bouche et de ses oreilles. Son beau pelage, tout taché, était secoué par son cœur battant follement, comme prêt à se rompre.

L'Homme fit alors un pas en avant. Il prit son gourdin à deux mains et, froidement, en frappa le nez du chien. Buck poussa un hurlement fou se jettant sur son ennemi, la gueule ouverte. Mais celui-ci attrapa la machoire de Buck et la serra avec force, puis il balança l'animal, le souleva et finalement le lança à terre, la tête en avant.

Buck ne se releva plus, assomé.

— Hein?... Crois-tu qu'il n'a pas son pareil pour dresser un chien?... crièrent les spectateurs.

— Ma foi, dit l'un d'eux, j'aimerais mieux casser des cailloux tous les jours sur la route que de faire un pareil métier...

Buck reprit ses sens peu à peu, mais il resta sans force. Il ne pouvait pas encore se relever : ses yeux suivaient les mouvements de l'homme au maillot rouge. Celui-ci se rapprocha :

— Eh bien, mon garçon? fit-il, ça va un peu mieux?... Parait qu'on vous appelle Buck, ajouta-t-il en regardant la pancarte accrochée à la caisse. Eh bien, Buck, mon vieux, voilà ce que j'ai à vous dire : si vous êtes un bon chien, cela marchera. Si vous faites le méchant, voici un bâton qui vous apprendra à être sage. Compris?

Il caressa alors la tête de Buck. Le chien ne gronda pas. Quand l'Homme lui apporta un peu d'eau fraîche, Buck la but avidement; puis il accepta les morceaux de viande crue que l'Homme lui donna, bouchée par bouchée.

Buck était vaincu. Il venait d'apprendre une leçon qu'il n'oublierait jamais : il ne pourrait rien faire contre un homme armé d'un bâton! Il se trouvait pour la première fois en face de la loi primitive et venait de comprendre quelle serait désormais son existence. Il en oublia même la douceur des jours passés. Déjà il était prêt à souffrir ce que le futur lui apporterait.

D'autres chiens arrivaient. Certains étaient dociles et joyeux, d'autres furieux comme Buck à son arrivée. Mais, ils apprenaient tous la même leçon : il fallait obéir à la loi du plus fort, celle des hommes. Et cette leçon était déjà profondément imprimée dans la conscience de Buck.

Il se convaincu de cette nécessité, mais demeura fier. Il ne fit pas comme les autres chiens qui venaient lécher la main du maître. Buck obéissait, mais il regardait l'homme détesté bien en face...

Des étrangers venaient souvent pour examiner les chiens, puis, ils en emmenaient certains après avoir donné quelques pièces d'argent en échange. Buck ne comprenait pas très bien ce que cela voulait dire.

Son tour vint. Un homme arriva au chenil. Il était petit, sec et vif, avec un visage rusé. Il utilisait des mots que Buck n'avait jamais entendus :

— Sacrrré matin!... cria-t-il en voyant Buck. V'là un damné failli chien!... Le diable m'emporte!... Combien?

— Trois cents dollars! Et encore! C'est un cadeau qu'on vous fait, dit le vendeur de chiens. Mais vous le payez avec l'argent du gouvernement, hein, Perrault? Alors, pas besoin de vous gêner!

Perrault sourit. Certes ce n'était pas cher pour un animal pareil et puis, le gouvernement canadien serait content de voir son courrier arriver plus vite. Perrault s'y connaissait en chien : il voyait bien que Buck était un animal exceptionnel.

Buck écoutait avec attention. Il entendit l'argent tinter. Puis Perrault siffla Buck et Curly, une chienne terre-neuve qu'il avait aussi achetée. Les chiens suivirent leur nouveau maître.

Perrault emmena les deux chiens sur un bateau, le « Narwhal ». Ils partirent aussitôt.

Buck se sentait animé et heureux : la joie le remplissait. Tandis que le bateau s'éloignait, il regardait la ville de Seattle disparaître à l'horizon. Il ne savait cependant pas que c'était la dernière fois qu'il la voyait comme d'ailleurs que ses yeux contemplaient les terres du Sud pour la dernière fois aussi.

Un moment après, Perrault fit descendre les bêtes dans l'entrepont. Un géant basané s'y trouvait. Il s'appelait François. C'était un métis indien franco-canadien : sa peau était très foncée. Perrault, quant à lui, était un Franco-Canadien dont la peau, elle, n'était pas aussi foncée.

Jamais de sa vie Buck n'avait rencontré d'hommes comme Perrault et François. Il apprit très vite à les estimer, mais c'était un sentiment où ne se mêlait aucune tendresse. François et Perrault étaient durs et froids, pourtant ils savaient se montrer très justes. Buck et les autres chiens les respectaient; d'autant plus que les deux hommes connaissaient très bien les chiens. Il était impossible d'essayer de les tromper.

Buck et Curly rencontrèrent deux autres chiens sur le bateau. L'un était un animal qui venait du Spitzberg. C'était un fort mâtin tout blanc. Au premier abord, il semblait très sympathique, mais s'avéra d'un caractère faux. Il vola, en effet, la part de Buck dès le premier repas que les chiens prirent ensemble. Celui-ci en fut indigné. Il n'eut pas le temps de se jeter sur le voleur pour récupérer son bien, car le fouet de François força bien vite l'animal à rendre son butin.

Buck pensa alors que François était vraiment un homme juste. Dès cet instant, il lui accorda son estime.

Le second chien s'appelait Dave. Il avait un caractère morose et s'emportait facilement. Curly avait bien essayé, selon son habitude, de lui manifester de l'amitié; mais en vain. Dave lui fit comprendre qu'il souhaitait par-dessus tout être laissé tranquille. Au moins, il ne volait pas; il pensait seulement à boire, à manger, à bâiller et à dormir. Il ne s'intéressait en fait qu'à lui-même.

Bientôt, le paquebot entra dans la baie de la Reine-Charlotte. Le bateau se mit bien vite à rouler et à tanguer dans les vagues. La mer était déchaînée. Buck et Curly crurent devenir fous de terreur; ils avaient l'impression que le bateau hurlait comme un être humain. Dave ouvrit les yeux en entendant tout cela. Il regarda les deux chiens avec une pointe de mépris. Puis il bâilla et se recoucha; s'endormant sans plus s'inquiéter de ce qui se passait autour de lui.

Les jours passèrent, longs et ennuyeux. Il faisait un froid de plus en plus glacial. Jamais Buck n'avait ressenti une température pareille aussi perçante et aussi pénétrante.

Enfin les moteurs se turent. Le bateau s'arrêta et les passagers s'agitèrent dans tous les sens. François attacha les chiens deux par deux et les fit monter sur le pont. Les gens se bousculaient pour accéder à la passerelle. Buck posa une patte à terre, mais se sentit enfoncer dans une matière molle et blanche. Il eut peur, se mit à gronder, il recula même. Mais voilà que de toutes petites choses blanches tombant du ciel s'accrochaient à ses poils. Buck était très intrigué. Il ouvrit la gueule et happa une de ces petites choses au passage. Quelle surprise! Il sentit sur sa langue quelque chose qui brûlait comme le feu et qui fondait comme l'eau.

En le voyant s'agiter ainsi, les gens éclatèrent de rire!

Pourtant, son étonnement était bien compréhensible : c'était la première fois de sa vie que Buck voyait la neige!

II.

La loi du bâton et de la dent

Buck était arrivé sur la grève de Dyea. Sa première journée fut un véritable cauchemar : brutalement arraché à sa vie ensoleillée, il se retrouvait jeté au cœur même de la sauvagerie. Il n'y avait dans ce pays ni paix, ni repos, ni sécurité. Il fallait toujours être sur ses gardes. Les hommes et les bêtes ne connaissaient que la loi du bâton et de la dent. Des chiens très nombreux se trouvaient sur cette terre nouvelle et s'y battaient comme des loups. Jamais Buck n'avait vu des chiens aussi féroces. Ce fut pour lui une nouvelle expérience durant laquelle Curly perdit la vie. En arrivant sur la grève, Curly était allée faire des avances à un chien sauvage un peu plus petit qu'elle. Il ne fit pas attendre sa réponse : il sauta sur Curly, mais rapide comme l'éclair, il lui ouvrit la face d'un coup de dent.

Le loup combat ainsi : il frappe puis s'enfuit. Mais le combat entre Curly et le chien sauvage n'était pas fini pour autant. Trente ou quarante chiens vagabonds accoururent et formèrent un cercle autour des combattants. Buck ne comprenait pas pourquoi ils étaient si silencieux. Curly se relève et se précipite sur son adversaire. De nouveau, il la mordit et bondit plus loin. La troisième fois, l'animal fit tomber Curly. Elle ne peut plus se relever. Alors la meute de chiens se jette sur la malheureuse qui disparut avec des cris de détresse. François prit une hache. Trois hommes vinrent l'aider à séparer les chiens. Deux minutes après la chute de Curly, le dernier chien s'enfuyait; mais Curly restait sans vie sur la neige ensanglantée. François était furieux. Buck garda longtemps le souvenir de cette scène terrible.

Buck était encore peiné de la mort de Curly. Lorsqu'il dut affronter une nouvelle épreuve. On lui apprit à tirer un trâineau : pour cela, François lui mit sur le dos un harnais comme celui qu'il avait vu mettre aux chevaux. Il dut tirer le traîneau portant son maître jusqu'à la forêt, pour en revenir avec une charge de bois. Buck était humilié de se voir transformer en animal de trait, pourtant il avait compris qu'il ne fallait plus se révolter. Il se mit au travail et essaya de faire de son mieux. Cet exercice était nouveau et étrange pour lui, en outre François était sévère. Il voulait que les chiens obéissent exactement et y réussissait d'ailleurs grâce à son fouet puissant. Les autres chiens, Dave et Spitz, l'aidaient à apprendre son nouveau métier. A chaque erreur, Dave mordait Buck. De son côté, Spitz qui avait l'habitude de tirer les traîneaux, grognait quelques reproches. Il faisait aussi peser son poids sur les traits pour que Buck prenne la bonne direction. Buck était intelligent et il apprenait très vite, il fit de remarquables progrès en quelques heures. Il avait apprit qu'il fallait s'arrêter quand François disait « Ho! » et

qu'il fallait repartir quand il criait « Mush! ». Il savait comment se comporter dans les virages, et aussi éviter le traîneau dans les descentes.

— Ce sont trois bons chiens, dit François à Perrault. Ce Buck surtout... il a appris en un rien de temps.

Perrault ramena deux nouveaux chiens dans l'après-midi. Ils étaient résistants et vigoureux. Ils s'appelaient Billee et Joe. Ils avaient la même mère, mais ils étaient différents comme le jour et la nuit. Billee était très bon et Joe était très grincheux, avec le regard noir et un mauvais caractère. Buck les reçut en bon camarade, mais Dave ne les regarda même pas. Spitz se battit avec eux. Billee voulait faire la paix. Joe se trouvait toujours prêt à lui faire face : ses oreilles étaient couchées en arrière, son poil hérissé, il était prêt à mordre. Spitz en eut peur et il préféra s'attaquer au pauvre Billee. Il le poursuivit à travers tout le camp.

Perrault ramena un autre chien dans la soirée. C'était un chien du pays, à demi sauvage, long et maigre. Il avait perdu un œil au cours de l'une de ses nombreuses batailles. Mais il inspirait le respect. Il s'appelait Sol-leck, ce qui veut dire le Mal-Content. Il était comme Dave : il ne demandait rien, il ne donnait rien, il ne voulait rien. Même Spitz le laissa tranquille. Une chose le rendait furieux : il ne fallait pas s'approcher du côté de son œil aveugle. Buck en fit la découverte : d'un coup de dent, Sol-leck lui avait ouvert l'épaule sur trois centimètres. Buck fit bien attention de ne plus recommencer. Tous deux devinrent amis et le restèrent jusqu'à la fin. Sol-leck semblait vouloir rester tranquille, comme Dave.

Pourtant, Buck allait découvrir plus tard que ses deux amis avaient une passion au fond du cœur.

Buck dut apprendre cette nuit-là à dormir dans la neige. La tente était éclairée par une bougie, qui donnait une lueur chaude sur la neige. Buck y entra tout naturellement. Perrault et François le chassèrent au dehors. Il soufflait un vent terrible. Sa blessure à l'épaule le faisait particulièrement souffrir. Il se coucha sur la neige et tenta de dormir, mais il avait si froid qu'il dut se relever. Il se mit à chercher un abri ou un peu de chaleur. Les chiens de la région tentaient de l'attaquer, mais il avait apprit à grogner en hérissant les poils de son cou. Son front était si formidable qu'on le laissait tranquille. Il pouvait donc continuer sa route sans être dérangé.

Buck voulut savoir comment ses compagnons dormaient. Tous avaient disparu; il parcourut encore une fois le camp mais ne les trouva pas. Il grelottait, sa queue était tombante et il se sentait bien malheureux. Tout à coup, ses pattes s'enfoncèrent dans un trou creusé dans la neige.

Quelque chose y remuait. Buck gronda et se hérissa. Il fit un bond en arrière. Alors il entendit un petit gémissement amical. Il fit quelques pas. Un souffle d'air chaud lui parvint : c'était Billee roulé en boule sous la neige. Pour faire la paix, il passa sa langue chaude et mouillée sur le museau de Buck.

Il avait appris quelque chose de nouveau et d'utile : il se creusa aussi un trou et se coucha. En un instant, la chaleur de son corps remplit le petit espace. Il put enfin se reposer.

Il dormit profondément et fit des rêves de bataille.

Il se réveilla avec les premiers bruits du camp. Il ne comprit pas tout de suite où il se trouvait car la

neige de la nuit s'était entassée et il ne voyait que ce mur glacé tout autour. Il en fut effrayé, se croyant pris au piège. Il contracta tous les muscles de son corps, les poils de sa tête et de ses épaules se hérissèrent. Il poussa un hurlement féroce et apparut au grand jour. La neige vola de toutes parts.

Il revit l'univers du camp. Dans un éclair, il vit repasser aussi devant ses yeux les derniers évènements : depuis sa promenade avec Monël jusqu'au trou dans lequel il venait de dormir. François salua son apparition :

— Qu'est-ce que je disais? cria-t-il à Perrault. Ce Buck est plus malin qu'un singe! Il apprend vraiment très vite.

Perrault était d'accord. Il transportait le courrier du gouvernement canadien et il voulait toujours avoir d'excellentes bêtes. Il était pleinement satisfait d'avoir acheté Buck.

On ajouta trois autres chiens à l'attelage. Il y avait donc au total neuf animaux. Dès que les chiens furent attelés, on partit dans la direction de Dyea Cannon. Buck était content de partir. Le travail était dur mais il était content de le faire. Il remarqua d'ailleurs que les autres chiens de l'attelage s'appliquaient à bien travailler. Ils étaient tous alertes et actifs. Les chiens ne voulaient pas se laisser retarder par quoi que ce soit; ils ne supportaient ni le désordre ni l'erreur.

Dave était limonier du traineau; Buck et le Mal-Content se trouvaient devant lui; le reste venait en file indienne, derrière le conducteur Spitz.

Buck avait été placé entre Dave et Sol-leck parce qu'il avait encore beaucoup à apprendre. Dave était juste et modéré. Il ne mordait Buck que pour souligner ses erreurs. Et comme il y avait aussi le fouet de François, Buck trouva qu'il valait bien mieux apprendre rapidement. Alors que le traîneau s'était arrêté pour une courte halte, Buck s'était empêtré dans les cordes servant à le tirer, il reçut une correction à la fois de Dave et de Sol-leck. Il évita désormais d'emmêler les traits. Il avait si bien compris son travail que vers la fin de la journée, ses camarades n'avaient plus besoin de le reprendre. Le fouet de François ne se fit pas entendre souvent. Pendant la halte, ce fut Perrault lui même qui examina les pattes de Buck.

Ce fut une rude journée de marche. Ils franchirent des glaciers, des amas de neige de plusieurs centaines de pieds de profondeur. Ils passèrent enfin le Chilcoot-Divide qui garde le Nord triste et solitaire. La soirée était déjà bien avancée quand la caravane s'arrêta. Comme la veille, Buck fit son trou dans la neige et s'y endormit profondément. Il fut réveillé le lendemain, à la nuit noire, pour reprendre la route.

Ils firent ce jour-là quarante milles, car la route était bien tracée. Mais, le lendemain et les jours suivants, ils durent établir leur propre piste.

C'était un travail pénible. On avançait lentement. Perrault marchait devant et tassait la neige avec ses patins. François tenait la barre du traîneau. Les deux hommes changeaient rarement de place. Perrault était pressé, et, heureusement, il connaissait bien la glace. Pendant de longs jours, Buck tira le traîneau. On se réveillait alors qu'il faisait encore nuit, et quand le jour se levait, on avait déjà accompli un certain nombre de milles. On dressait aussi le camps à la nuit noire. Les chiens recevaient une ration de poisson et se couchaient dans la neige. Buck

aurait voulu avoir plus à manger, on lui donnait une livre et demie de saumon fumé par jour mais cela ne lui suffisait pas. Il souffrait sans cesse de la faim. Les chiens qui étaient plus légers que lui recevaient une livre de saumon seulement et pourtant se maintenaient en bon état. Surtout il apprit à manger plus vite : en effet, ceux des chiens qui avaient fini les premiers lui volaient le reste de sa ration. Pendant qu'il écartait les uns, les autres prenaient vite le morceau qu'ils voulaient. Buck se mit donc à manger aussi vite qu'eux et, comme il avait faim, il n'hésita pas à voler si l'occasion se présentait.

Pike, un des nouveaux chiens, avait habilement fait disparaître une tranche de jambon. Perrault ne l'avait pas vu mais Buck l'avait observé et il fit de même dès le lendemain : il emporta cette fois le morceau tout entier. Un autre chien fut puni pour ce larcin.

C'était la première fois que Buck volait. Ce qui lui permettait de triompher de bien des obstacles de sa vie nouvelle. Sa moralité, malheureusement, avait disparu.

C'était de toute façon une qualité inutile dans cette lutte pour l'existence. Buck ne volait pas par goût, mais seulement par besoin. Il le faisait de façon adroite et en secret, car il ne voulait pas se faire attraper ni par le bâton de l'homme ni par la dent des autres chiens.

Il se développa aussi physiquement. Ses muscles devinrent durs comme du fer. Il ne sentait plus la douleur, pouvait manger de tout... Son sens de la vue et son odorat devinrent extrêmement subtils. Son ouïe acquit une telle finesse qu'il entendait le moindre bruit, même dans son sommeil. Il apprit à arracher la glace avec ses dents quand elle collait à ses pattes; il savait aussi casser la couche de glace qui le séparait de l'eau quand il avait soif. Mais ce qu'il faisait le mieux était de sentir le vent : il pouvait le prévoir une nuit à l'avance! Il creusait son terrier pour la nuit en sachant d'où allait venir le vent. On le trouvait toujours chaudement abrité, le dos à la bise.

Son seul maître ne fut pas l'expérience. Ses instincts endormis se réveillèrent, et peu à peu les générations domestiquées disparaissaient en lui.

Il savait se battre comme les loups. Ses ancêtres les avaient aussi combattus, et lorsqu'il hurlait longuement dans les nuits froides, c'était eux qui hurlaient avec lui. Ses hurlements étaient une sorte de chant cadencé du calme, du froid et de l'obscurité!

C'est ainsi que la vieille chanson de ses ancêtres resurgit dans son âme, en même temps qu'y renaissait le passé. Tout cela arrivait parce que les hommes avaient trouvé de l'or dans une région nordique et qu'un aide jardinier n'avait pas un salaire assez élevé pour satisfaire son goût du jeu...

Ces conditions d'existence nouvelles étaient difficiles pour Buck. Il sentait bien ses nouveaux instincts, mais il les tenait secrets. Il était devenu rusé et plein d'astuces mais il n'avait pas encore tout à fait l'habitude de tout cela. Plutôt patient il voulait éviter les batailles. En revanche il haïssait Spitz, et se méfiait de lui.

Car Spitz ne perdait pas une occasion de montrer les dents à Buck. Il l'attaquait même sans raison. Spitz espérait une lutte qui se terminerait par la disparition de l'un d'eux. Une telle lutte faillit presque se produire au début du voyage. Le campement

avait été établi sur les rives du lac de Barge. Il faisait nuit, la neige tombait et un vent très coupant soufflait. L'endroit était bien mal choisi; derrière eux s'élevait un mur de rochers. Les hommes ne purent allumer un feu pour se réchauffer et durent manger leur soupe dans l'obscurité.

Buck avait organisé son lit au pied de ces rochers. Il y faisait bien chaud, tant il eut de la peine à se lever quand François vint distribuer le poisson. Lorsque, après avoir mangé, Buck revint à son nid, il le trouva occupé. Au grognement il comprit que c'était Spitz. Cette fois, c'en était trop. Il sauta sur Spitz, très surpris, car il pensait que Buck était un animal plutôt timide.

François fut lui aussi étonné en les voyant sortir du trou. Il devina la cause de la dispute :

— Ah! cria-t-il à Buck, vas-y mon vieux, et flanque une bonne rossée à ce sale voleur!

Spitz était prêt à se battre. Il tournait en hurlant autour de Buck qui cherchait à attaquer. Mais un incident survint à ce moment. On entendit Perrault jurer, puis le bruit sourd d'un coup de massue suivi d'un cri de douleur : le camp était envahi de chiens indigènes affamés. Ils étaient une soixantaine environ. Ils venaient sans doute d'un village indien, attirés par les provisions des voyageurs. Ils avaient pu se glisser dans le camp sans être vus pendant que Buck et Spitz se battaient. Quand les deux hommes armés d'une massue s'élancèrent au milieu des chiens, ceux-ci montrèrent les dents. Ils avaient faim et ne pouvaient résister à l'odeur des aliments. Perrault avait trouvé un des chiens la tête dans une caisse de nourriture. Il frappa l'animal. La caisse tomba et s'entrouvrit. Une vingtaine de chiens accoururent qui ne semblaient pas craindre le bâton... Ils se ruairent sur le pain et les jambons. Affamés, ils hurlaient sous les coups mais continuaient à manger jusqu'aux dernières miettes. Les chiens de l'attelage avaient sauté hors de leurs trous, très étonnés, puis une lutte terrible s'engagea entre eux et les chiens sauvages. Buck n'avait jamais vu de chiens pareils à ceux-ci : ils étaient si maigres qu'ils en étaient squelettiques. Leurs yeux étaient étincelants et leurs lèvres baveuses. Ils avaient l'air terrible et indomptable.

Les chiens de trait furent repoussés au pied des rochers dès le premier assaut. Trois d'entre eux attaquèrent Buck. En un clin d'œil, sa tête et ses épaules furent sanguinolantes. Le bruit était effroyable. Comme toujours, Billee gémissait. Dave et Sol-leck se battaient courageusement. Joe mordait comme un diable. Pike qui se plaignait tout le temps sauta sur un animal et lui brisa les reins d'un coup de gueule. Buck saisit un adversaire et lui planta ses dents dans la gorge. Le sang jaillit. Buck redoubla alors de violence. Il se jeta sur un autre ennemi, rendu furieux par le goût du sang. Au même moment, il sentit des crocs s'enfoncer dans sa chair : c'était Spitz qui l'attaquait de côté.

Perrault et François se précipitèrent à son secours mais Buck réussit à se libérer seul. Les deux hommes durent à nouveau aller défendre leurs caisses de conserves. Les envahisseurs étaient maintenant moins nombreux mais ils étaient encore plus désespérément affamés. Buck en eut si peur qu'il s'enfuit sur la glace. Pike et Dub le suivirent de près ainsi que le reste de l'attelage. Buck se préparait à les rejoindre lorsqu'il vit, du coin de l'œil, Spitz sur le point de

l'attaquer. Il fit face et réussit à rejoindre ses camarades sur le lac gelé.

Les neufs chiens d'attelage ne furent pas poursuivis et se mirent donc à chercher un abri pour la nuit. Ils étaient tous blessés, certains même assez sérieusement. Dub était grièvement atteint à une patte de derrière; Dolly avait une plaie au cou; Joe avait perdu un œil. Enfin le doux Billee avait une oreille à moitié dévorée : ce qui le fit gémir toute la nuit. A l'aube, les chiens rentrèrent au camp. Les chiens sauvages avaient fui et les deux hommes étaient de très mauvaise humeur, car la moitié des provisions avaient disparu. Les assaillants avaient mangé tout ce qui pouvait l'être.

Ils avaient même dévoré les courroies du traîneau et avalé une paire de mocassin en cuir de buffle appartenant à Perrault, sans compter plus de soixante centimètres du fouet de François. Celui-ci regardait ces dégâts avec tristesse quand les chiens le rejoignirent.

— Ah! mes pauvres amis, fit-il, peut-être même avez-vous tous attrapé la rage avec leurs morsures? ... Qu'en pensez-vous, Perrault?

Le courrier était soucieux. Il ne savait que répondre. Il leur restait encore quatre cents miles à parcourir avant d'arriver à Dawson. Ce que François disait de la rage l'inquiétait beaucoup. Les deux hommes se mirent au travail et après deux heures d'effort, ils purent tout remettre en place. L'attelage repartit. Les blessures des chiens les empêchaient de marcher aussi bien que d'habitude. Cette course fut la plus difficile qu'ils durent affronter. La rivière de Thirty-Mile n'était pas complètement gelée. Il fallut six jours d'un effet acharné pour parcourir ces trente miles. Plusieurs fois, la glace se rompit sous le poids de Perrault. Le froid était terrible : le thermomètre indiquait 50 degrés au-dessous de zéro. Après chaque bain forcé, Perrault devait allumer un feu et faire sécher ses vêtements.

Rien ne l'arrêtait. On comprenait alors pourquoi le gouvernement canadien l'avait choisi comme courrier. Sur le parcours, il se plaçait toujours à la place la plus dangereuse, n'ayant peur de rien. Une fois, le traîneau s'enfonça profondément. Dave et Buck en furent gelés. Ils étaient à moitié noyés quand les hommes réussirent à les sortir de l'eau, déjà recouverts d'une carapace de glace. On dut les faire courir près du feu pour se réchauffer et se sécher.

Plus tard, c'est presque tout l'attelage qui faillit s'enfoncer dans l'eau. Et plus loin il fallut aussi escalader une muraille de rochers. Les chiens furent hissés par les deux hommes à l'aide d'une longue corde. Bien d'autres incidents firent ralentir l'équipage et quand ils arrivèrent enfin dans les zones où la glace était résistante, hommes et bêtes étaient épuisés. Malheureusement, pour rattraper le temps perdu, il fallut partir plus tôt le matin, et s'arrêter plus tard le soir.

Les pattes de Buck étaient plus fragiles que celles des autres chiens. Toute la journée, le chien boitillait et souffrait atrocement. Le soir, il se laisse tomber, comme mort, sans avoir même le courage d'aller chercher sa ration de nourriture que François était obligé de lui apporter. Il devait lui frictionner tous les jours, pendant une demi-heure, les pattes. Si bien qu'il préféra lui tailler une paire de chaussures dans de vieux mocassins. Cela soulagea beaucoup Buck

dont, à la longue, les pattes s'endurcirent. Il put abandonner ces mocassins.

Un jour l'un des chiens de l'attelage, Dolly, donna des signes de rage. Elle commença par pousser un long hurlement rempli de désespoir et de terreur. Puis, elle bondit sur Buck qui ne connaissait pas la rage mais se méfia d'instinct. Il s'enfuit poussé par une panique inexplicable, la chienne le suivant de très près. Il courut à travers bois jusqu'à l'autre bout de l'île, traversa un chenal plein de glace pour atteindre une autre île, puis une troisième. François le rappela. Buck revint sur ses pas, à bout de souffle. Lorsqu'il se rapprocha de son maître, François tenait une hache à la main. Buck passa devant lui comme un éclair, toujours poursuivi par Dolly.

Buck entendit l'outil s'enfoncer dans le crâne de Dolly. Il s'arrêta alors épuisé, tout près du traîneau. C'est ce moment que Spitz choisit pour sauter sur lui, alors qu'il était sans défense. Mais le fouet de François le sauva et Spitz reçut une correction sévère.

— Ce Spitz est un sacré diable, fit Perrault; il finira par nous tuer Buck si l'on ne fait pas attention.

— Buck vaut deux diables à lui seul, répondit François; vous pouvez m'en croire, un beau jour, il avalera Spitz tout entier pour le recracher en petits morceaux sur la neige!

Une guerre cruelle était ouverte entre les deux chiens. Spitz était le chef de l'attelage mais sentait son autorité diminuer. En réalité Buck n'était pas comme les autres chiens du Sud : il avait appris à supporter les privations sans en souffrir. Ni délicat ni fragile, il pouvait être aussi féroce et rusé que les chiens nés dans le pays.

Le fait est que Buck voulait dominer. Il voulait prendre ni plus ni moins la place de Spitz au sein de l'attelage, car sa nature était de commander. En plus de cela, il s'était pris de passion pour ce qu'il faisait : il aimait tirer ce traîneau, et dès l'aube, comme les autres chiens, il s'enthousiasmait. Les chiens devenaient alors des créatures ardentes et généreuses. Spitz corrigeait à son tour les autres chiens qui commettaient des erreurs.

Buck menaçait effrontément l'autorité de Spitz. Il s'interposait entre lui et ceux qu'il voulait punir. Un matin, Pike le geignard n'apparut pas. Il restait blotti dans son trou. François le chercha longuement alors que Spitz était fâché. Il reniflait partout, grattait la neige, grondait. Dans sa cachette, Pike était mort de peur.

Quand il sortit finalement Spitz se jeta sur lui pour le corriger. Buck s'élança entre les deux chiens en bousculant Spitz qui tomba par terre. Pike en oublia sa peur et se rua sur son chef renversé. Buck se lança également. Mais François intervint avec son fouet. Buck fut sévèrement corrigé pour sa révolte. De son côté, Spitz punissait Pike le geignard.

Buck continua à s'interposer entre Spitz et les coupables mais il le faisait en se cachant de François. Ce n'étaient entre eux que querelles et luttes incessantes. François en était inquiet : il savait que Buck et Spitz finiraient par s'affronter. Il dut se lever plus d'une fois dans la nuit pour les séparer. Pourtant l'attelage arriva à Dawson sans que le combat eut lieu entre Buck et Spitz. Il y avait, à Dawson, beaucoup d'homme et presqu'autant de chiens. Ceux-ci travaillaient sans relâche. On entendait dans la rue principale, le tintement des clochettes des traîneaux qui passaient. Ici, ils accomplissaient tous les travaux que Buck avait vu faire par les chevaux dans la vallée de Santa Clara.

De temps en temps, Buck rencontrait des chiens du Sud. En fait, il y avait surtout des chiens nés métis de loups et de chiens du pays. Chaque nuit, ce petit monde faisait entendre un chant étrange qui retentissait à neuf heures, à minuit, comme à trois heures du matin. L'aurore boréale brillait, froide et sereine. Les étoiles scintillaient dans le ciel et la terre recouverte de neige s'était engourdie, glacée. Dans ce paysage arctique, ce chant lugubre avait quelque chose de mystique : c'était la plainte même de la vie. On y entendait presque remuer les mystères de la naissance et la peur de la mort. Lamentation incantatoire, elle était aussi vieille que le monde. Buck aussi se mêlait à cette plainte; il joignait sa voix à celle de ses congénères. D'un bond, par un chant, Buck revenait à ses ancêtres; il touchait l'origine même des choses et à la sienne.

La caravane reprit la route sept jours après être arrivée à Dawson. Elle descendit les pentes aigües des Barrkas et suivit les bords du fleuve Yukon. Elle regardait pour Dyea et Salt-Water. Le courrier que Perrault emportait dans ce sens était encore plus important que le premier chargé. Il était maintenant pris par la passion de la route avec l'envie de battre le record des voyages cette année-là. Les circonstances semblaient favorables. Il pouvait réussir : son bagage était léger et les chiens s'étaient reposés pendant une semaine; ils étaient donc frais et dispos. En outre, la route que la caravane suivait était plus facile : elle avait été empruntée par de nombreux voyageurs et la neige était bien tassée. De plus, la police avait installé des dépôts de provisions pour les hommes et pour les chiens. Perrault et François s'arrêtèrent à Sixty-Mile. Leur première étape faisait, en effet, soixante miles. Ils franchirent le Yukon le deuxième jour. Ce fut une course rapide mais remplie de tracas et d'ennuis. La révolte menée par Buck causait bien des soucis à François. En effet, l'attelage ne marchait plus à l'unisson.

Buck encourageait sourdement les rebelles, qui peu à peu n'avaient plus peur de Spitz. Il n'était plus le chef que l'on craignait. On commençait à discuter son autorité.

Un soir, Pike alla même jusqu'à voler la moitié d'un poisson à Spitz; il l'avala tranquillement sous l'œil protecteur de Buck. Une autre nuit, Dub et Joe se battirent avec Spitz. Ils lui donnèrent la correction qu'ils auraient dû, eux, recevoir pour la faute commise. Même le pacifique Billee se montrait agressif. Et il faut reconnaître que Buck ne faisait pas preuve d'un grand esprit de justice dans ces moments-là. Il se sentait fort et insultait Spitz ouvertement. Il en était fier car, autrefois, le chef de l'attelage l'avait fait tout de même trembler.

Bref, la discipline s'était relâchée, de sorte que les chiens se disputaient sans cesse. Les seuls à ne pas changer étaient Dave et Sol-leck pourtant ils souffraient de ces luttes incessantes. François jurait comme un diable, il frappait du pied, s'arrachait les cheveux, parfois fou de rage. On entendait son fouet siffler toute la journée. Dès qu'il avait le dos tourné, le désordre reprenait de plus belle. François soutenait bien Spitz avec son autorité. Mais, de son côté, Buck appuyait le reste de l'attelage avec ses dents. Certes, François avait compris la cause de tout ce

désordre. Buck savait qu'il était soupçonné mais il faisait bien attention de ne pas se laisser prendre. Il continuait à tirer le traîneau avec ardeur car il aimait profondément ce travail. Malheureusement ce qu'il aimait encore plus, c'était d'exciter ses camarades et de semer la révolte dans les rangs.

Un soir, François et Perrault avaient établi le camp à l'embouchure de la Tahkeena. Après le souper, Dub aperçut un lapin et voulut l'attraper. Mais il le manqua. La meute entière se mit alors en chasse. Un peu plus loin, cinquante chiens indigènes vinrent s'ajouter à elle. Le lapin courait vers la rivière, il tourna dans un petit ruisseau, presque léger sur la neige. Les chiens, eux, enfonçaient lourdement à chaque pas. En tête de la bande, on pouvait voir la forme superbe de Buck qui se détachait dans la lumière pâle de la lune. Mais le lapin bondissait si agilement devant lui que Buck crut bientôt suivre un fantôme.

De vieux instincts enfouis vibraient en Buck; il se sentait comme ces hommes qui vont dans les bois, à date fixe, chasser le gibier. Pour Buck, poursuivre une bête sauvage, la tuer de ses dents et sentir son sang couler lui procurait une joie intense. Il faisait entendre comme un cri de loup en courant à la tête de sa meute en s'efforçant d'atteindre la petite forme blanche si vive devant lui.

Mais voilà que Spitz abandonna la meute au beau milieu de la poursuite.

C'était un chien très calculateur qui ne se laissait jamais emporter par son ardeur. Il coupa brusquement à travers une étroite bande de terrain. Buck, concentré sur sa poursuite, ne s'en rendit pas compte. Et lorsqu'il arriva à quelques mètres seulement du lapin, il vit une autre forme blanche bondir du haut du talus et lui enlever sa proie. Le lapin ne pouvait plus s'échapper. Quand les dents pointues de Spitz fondirent sur lui, il poussa un petit cri perçant. On aurait cru entendre un être humain. La meute, elle, poussa un cri de joie en entendant ce signe de la mort.

Buck resta perplexe, silencieux, mais n'arrêta pas son élan. Il se jeta contre Spitz. Le choc fut si violent que les deux chiens roulèrent à terre. Spitz se releva le premier. Il donna un coup de dents et fit une entaille profonde à l'épaule de Buck puis, bondit vivement plus loin. Il recommença; deux fois ses dents se refermèrent sur Buck; deux fois, il recula brusquement. On pouvait deviner un rictus sur ses babines : l'heure tant attendue du combat était arrivée!

Les deux chiens tournaient l'un autour de l'autre. Ils avaient les oreilles en arrière. Ils s'observaient et cherchaient l'endroit vulnérable. Du fond de la mémoire de Buck une scène familière revenait. Il avait déjà vu un combat semblable. Tout y était : la terre et les bois recouverts de neige, la nuit éclairée par la lune et la bataille elle-même. Le silence était extraordinaire. Plus rien ne bougeait; on voyait monter dans l'air l'haleine de chiens. Leurs yeux étincelaient. Ils formaient un cercle autour des deux combattants. Spitz avait l'habitude des combats. Il en avait livré des centaines, depuis le Spitzberg jusqu'au Canada. Il s'était battu contre presque toues les espèces de chiens.

Et il en était sorti chaque fois vainqueur. Il ne se laissait jamais aveugler par sa fureur sachant bien que si son désir de mordre et de déchirer était violent, son adversaire ressentait la même chose. Il ne

s'élançait jamais le premier et n'attaquait qu'après s'être défendu. Buck essayait de le mordre. Sans grand succès. Chaque fois qu'il voulait enfoncer ses dents dans le cou de Spitz, elles rencontraient celles du chien blanc. On entendait le choc de leurs crocs. Les lèvres saignaient. Mais Buck était impuissant à surprendre son rival. Son rythme s'accéléra; il lança une multitude d'attaques; mais Spitz parait toutes les attaques, rebondissant en arrière. Buck fit alors semblant de se jeter sur le museau de son adversaire, puis il rentra brusquement la tête. Il voulait se servir de son épaule puissante pour renverser Spitz; malheureusement, encore une fois, il reçut un terrible coup de dent. Et à nouveau Spitz bondissait légèrement un peu plus loin. Lui n'avait pas de blessures. Buck, en revanche, était à bout de souffle, son sang ruisselait sur le pelage. On sentait que la bataille était presque terminée. Le cercle des chiens à demi-loups attendait : le vaincu serait achevé de leurs crocs!

Spitz comprit que Buck était hors d'haleine. Il passa alors à l'attaque. Le choc fut si violent que Buck chancela sur ses pattes. Il tomba. Les chiens se dressèrent, attentifs. Vif comme l'éclair, Buck se remit sur ses pattes, l'air plus terrible encore. La meute en cercle dut continuer à patienter, Spitz était fort mais Buck l'était également. Sa chance, c'était en plus son imagination. Il combattait en même temps que sa tête ne cessait de travailler. Il s'élança encore une fois. On aurait pu penser qu'il essayait d'atteindre son adversaire à l'épaule, mais au dernier moment, il se baissa. Sa tête toucha presque le sol et ses mâchoires puissantes se refermèrent sur la patte droite de Spitz. Les os craquèrent dans un bruit qui résonna dans la nuit glacée. Malgré cette blessure, le chien blanc continua à se défendre. Il repoussa encore les attaques de Buck. Celui-ci recommença alors la même chose. La seconde patte de devant de Spitz fut elle aussi broyée! Spitz s'efforçait de se tenir debout. La douleur était atroce, il se sentait réduit à l'impuissance. Autour de lui, il voyait le cercle silencieux. Il voyait les yeux brillants des chiens et leurs langues pendantes. Le cercle se refermait peu à peu sur lui, comme il l'avait déjà assez souvent vu autour de ses victimes. Il sut que c'était son tour, cette nuit-là, car Buck ne lui ferait pas grâce!

La fin était proche, ce que les chiens sentaient. Le cercle était si serré autour des deux combattants qu'ils étaient réchauffés par le souffle chaud des haleines. Buck les sentait, les voyait : ils étaient derrière Spitz; derrière lui; devant, de tous les côtés. Soudain, il y eut un moment d'arrêt en plein combat. Les deux chiens se firent immobiles avec l'air de statues de pierre. Spitz frissonnait, chancelait. Il hurla pour éloigner la mort qu'il devinait toute proche. Buck fit un bond. Son épaule avait renversé l'ennemi.

Le cercle s'était encore rétréci. Il semblait maintenant n'être qu'un point sombre sur la neige immaculée. La lune jetait sur cette scène une lumière glabre. C'est alors que Spitz disparut sous la meute affamée. Buck était resté debout contemplant la curée. Il était devenu une bête sauvage. Il avait tué et trouvé du plaisir dans cette mort qu'il avait donnée.

III.

Buck prend le commandement

— Hein! qu'est-ce que j'avais prévu? Je l'avais assez dit que Buck valait deux diables?

C'est ainsi que parla François quand il constata que Spitz était mort. Il appela Buck près du feu et regarda ses blessures.

— Maintenant nous allons bien marcher, dit-il, plus de Spitz, plus d'ennuis.

Pendant que Perrault faisait les bagages, François attela les chiens. Buck vint à la place de Spitz. Mais François décida d'y installer Sol-leck, car il pensait que cela valait mieux. Buck en fut furieux et sauta sur le Mal-Content. Il le chassa et prit sa place. François lui ordonna de s'en aller pourtant Buck refusa de bouger. François l'attrapa par la peau du cou, le mit de côté et replaça Sol-leck dans les traits. Le vieux chien avait peur de Buck, il en était terrifié. Dès que François eut le dos tourné, Buck déplaça Sol-leck. C'était au tour de François d'être furieux.

Il s'éloigna et revint armé d'un lourd bâton. Buck recula lentement se souvenant de l'homme au maillot rouge et de son gourdin. Il se mit donc à tourner autour du traîneau, faisant très attention d'éviter le bâton. Sol-leck fut remis à la place d'honneur. François appela Buck pour le mettre à sa place habituelle, devant Dave. Buck recula. François le suivit. Au bout d'un moment, François lacha son bâton. Conscient que Buck en avait surtout peur. Mais ce que Buck voulait par dessus tout, c'était la direction de l'attelage.

Perrault vint aider François. Pendant près d'une heure, les deux hommes essayèrent d'attraper Buck. Ils lui lançaient des bâtons que le chien évitait. Perrault et François criaient. Buck répondait par des grognements, mais il ne voulait pas s'enfuir. Il continuait à tourner autour du camp espérant que les deux hommes comprendraient enfin qu'une fois son désir satisfait, il se conduirait bien.

Perrault regarda encore une fois sa montre. On avait déjà perdu une heure. François réfléchit et ricana en regardant Perrault. Les deux hommes s'étaient compris. François détacha alors Sol-leck qu'il remit à sa place habituelle. L'attelage était maintenant prêt. La place de tête attendait Buck. François l'appela encore une fois. Buck fit l'aimable sans s'approcher de lui.

— Jetez le bâton, ordonna Perrault.

Aussitôt, Buck trotta jusqu'à lui, frétillant. Il se plaça de lui-même à la tête des chiens. Le traîneau démarra. Avant la fin du jour, Buck avait prouvé qu'il était digne d'être le chef de l'attelage. Il en avait acquis toute l'autorité. Il réfléchissait rapidement, avec intelligence et se montra même supérieur à Spitz.

Buck se fit respecter par ses camarades. Dave et Sol-leck ne se préoccupaient pas du changement de

chef; ils aimaient tirer et c'était la seule chose qui les intéressaient. Les autres chiens furent tout d'abord surpris, mais ils finirent par obéir et à reconnaître leur nouveau maître.

L'attelage reprit son ensemble. Les chiens tiraient de nouveau comme un seul. Un peu plus loin dans le voyage, deux nouveaux chiens furent ajoutés. Ils s'appelaient Teek et Koona. Buck les dressa très rapidement. François et Perrault en furent étonnés :

— Il n'y a jamais eu un chien comme Buck, non jamais! Il vaut mille dollars comme un cent! N'est-ce-pas, Perrault?

Et Perrault était d'accord. Ils avaient regagné le temps perdu et ils prenaient chaque jour de l'avance. La route était excellente sans qu'il ne fasse trop froid. Le thermomètre indiquait cinquante degrés au-dessous de zéro et il ne descendit pour ainsi dire pas plus bas.

La rivière de Thirty-Mile était à peu près gelée. Ils firent en un seul jour le trajet qu'ils avaient fait en dix jours à l'aller. Les chiens courraient cette fois très vite : en quatorze jours, ils avaient fait une moyenne journalière de quarante miles! François et Perrault se promenèrent fièrement dans la grande rue de Skagway : chacun voulait les inviter à boire et admirer leurs chiens!

Puis les ordres officiels arrivèrent. François devait repartir. Il appela Buck près de lui et l'entoura de ses bras en pleurant. Perrault vint aussi lui faire ses adieux. Les deux hommes disparurent de la vie de Buck.

Le nouveau maître de Buck et de ses camarades était un métis écossais qui devait reprendre la route de Dawson. Cette fois, il ne fallait pas battre un record, mais tout simplement le service de la poste, passer par la même route et traîner la même lourde charge. Buck trouva ce travail beaucoup moins intéressant s'appliquant pourtant à bien travailler.

C'était une vie monotone. Les jours étaient tous pareils. Chaque matin, à la même heure, les cuisiniers allumaient les feux. On déjeunait, puis on attelait les chiens et on levait le camp. On partait juste avant que le jour ne se lève. On s'arrêtait à la nuit pour établir le camp. On donnait alors à manger aux chiens. Une fois leur poisson mangé, ils pouvaient se promener dans le camp, et faisaient ainsi connaissance avec les autres chiens. Buck dut livrer d'ailleurs quelques batailles mais remporta trois victoires sur les plus redoutables chiens, si bien que tous s'éloignaient quand il se hérissait en montrant les dents.

Le plus grand plaisir de Buck était de se coucher près du feu dont il regardait la flamme. Il pensait parfois à la maison du juge Miller, à la vallée ensoleillée, à la piscine cimentée dans le jardin. Il pensait très souvent à l'homme en maillot rouge, à la mort de Curly. Il se souvenait aussi de sa grande bataille avec Spitz. Il n'avait pas vraiment le mal du pays. Pour lui le Sud était maintenant très loin et très vague, car il sentait l'influence de ses ancêtres beaucoup plus fortement que tout le reste.

Parfois, quand il était étendu devant le feu, il avait l'impression d'avoir veillé sur un autre homme que le métis, et de protéger son sommeil contre des bêtes féroces d'un autre âge. Il voyait même cet autre homme, couvert de poils avec des cheveux longs; en parlant, il émettait des sons qu'on ne comprenait pas très bien. Mais dès que le métis l'appelait, Buck bâillait et se levait.

Lorsque les chiens arrivèrent à Dawson, ils étaient épuisés. Il leur aurait fallu au moins une semaine de repos, néanmoins la caravane repartit deux jours plus tard.

Les chiens étaient fatigués et les conducteurs étaient de mauvaise humeur. En plus de cela, il neigeait tous les jours. La voie était donc plus difficile car le traîneau ne glissait pas très bien sur la neige fraîche. Chaque soir, les hommes s'occupaient des chiens avant toute chose : ils les pansaient, les nourrissaient avant eux. Malgré toutes ces précautions, la force des chiens diminuaient. Depuis le début de l'hiver, ils avaient parcouru plus de dix-huit cent miles. Buck résistait et continuait à maintenir l'ordre dans l'attelage. Pendant la nuit, Billee gémissait. Joe était plus grincheux que jamais et on ne pouvait approcher Sol-leck. Dave souffrait : il était malade et on ne savait de quoi. Il hurlait dès qu'on le touchait. Son maître l'examinait pour trouver la raison de sa maladie mais sans succès. Le malheureux chien s'affaiblissait chaque jour d'avantage. Il tombait sans arrêt. Le métis le fit détacher afin qu'il puisse marcher derrière le traîneau afin de moins le fatiguer. Il mit Sol-leck à sa place. Quand Dave vit cela, il se mit à hurler douloureusement et au lieu de marcher derrière le traîneau, il marcha à côté, dans la neige poudreuse. Evidemment il se fatigua encore plus. Il tenta alors de mordre Sol-leck. Le métis voulait l'éloigner avec son fouet mais il n'avait pas le courage de frapper fort. Dave continua de marcher dans la neige molle. Puis, il tomba et ne put se relever pendant un long moment. Il réussit finalement à rejoindre le traîneau à une halte. Le conducteur s'était arrêté pour allumer sa pipe. Quand il fit repartir les chiens, ils demarrèrent avec beaucoup de facilité. Ils se retournèrent : le traîneau n'avait pas bougé. Dave avait rongé les deux traits de Sol-leck et sc tenait devant le traîneau. Ses yeux étaient implorants : il voulait continuer à traîner. L'Ecossais avait déjà entendu dire que des chiens pouvaient mourir si on les empêchait de traîner. Il préssentait que Dave était bien malade mais il voulait lui donner une chance de finir honorablement sous le harnais.

Dave fut donc attelé de nouveau. Il s'efforça de tirer comme avant bien que la douleur le faisait hurler et qu'il tomba plusieurs fois. Néanmoins il arriva au camp. Le conducteur lui fit une place auprès du feu.

Le lendemain matin, il ne pouvait plus marcher : son arrière-train était complètement paralysé. Il se traîna vers ses camarades. Quand la caravane repartit, il était étendu dans la neige, à bout de souffle, hurlant très tristement.

On arrêta alors le convoi. Le métis retourna sur ses pas. Les autres hommes étaient silencieux. On entendit un coup de revolver. Le métis revint. Les fouets claquèrent. Les petites clochettes du traîneau firent réentendre leur petite musique joyeuse. Mais Buck et les autres chiens savaient ce qui s'était passé.

IV.

Les fatigues du harnais et de la route

Trente jours après avoir quitté Dawson, la caravane arriva à Skagway. Les chiens étaient en sale état. Buck avait perdu trente-cinq livres. Ses compagnons avaient souffert encore plus. Ils n'avaient plus ni énergie, ni courage. Ils avaient trop longuement travaillé sur une route beaucoup trop dure.

Ayant parcouru deux mille cinq cents miles en moins de cinq mois, ils avaient pris très peu de repos. Ils n'arrivaient presque plus à avancer.

— Hardi! mes pauvres vieux, leur disait le conducteur, c'est la fin. On va se reposer pour de bon à présent.

Les hommes aussi avaient bien gagné leur repos. Ils ne s'étaient arrêtés que deux jours pendant ce voyage de douze cent miles. Les gens s'étaient précipités en si grand nombre dans cette région que les lettres qui leur étaient adressées formaient des montagnes. Or, le gouvernement canadien n'acceptait aucun retard : il fallait que le courrier parte et arrive aussi vite que possible.

Trois jours après leur arrivée à Skagway, Buck et ses compagnons se sentaient encore bien fatigués. Le quatrième jour, deux Américains, Hal et Charles, vinrent examiner l'attelage pour l'acheter. En entendant l'argent tinter, Buck compris que le métis allait disparaître de sa vie, comme François, Perrault et d'autres.

Charles était un homme d'âge moyen. Il était blond, semblait faible et sans caractère. Hal était un garçon de dix-neuf à vingt ans. Il portait toujours sur lui un revolver et un couteau de chasse. Quand Buck arriva à leur camp, il remarqua qu'il était mal tenu. Devant une tente à peine fixée au sol se tenait Mercédes, la sœur de Hal et l'épouse de Charles.

Quand ils chargèrent le traîneau pour partir, on vit qu'ils procédaient sans aucune méthode. La tente fut grossièrement roulée, les assiettes furent emballées sans être lavées... Mercédes gênait les mouvements des hommes, en leur donnant sans arrêt des conseils.

Trois hommes sortirent d'une tente voisine. Ils les regardèrent faire en ricanant. Puis, ils leur conseillèrent de ne pas prendre la tente :

— Vous avez déjà un fort chargement... la tente est inutile, les froids sont finis.

Mais Mercédes refusa l'idée de dormir à la belle étoile. Pendant ce temps, Charles et Hal finissaient d'arranger les paquets. Leur traîneau semblait charger d'une véritable montagne de colis.

— Vous croyez que cela tiendra? fit l'un des spectateurs.

— Pourquoi pas? répondit Charles, d'un ton sec.

— Eh bien! cela me parait diablement lourd par le haut!

Mais Charles lui tourna le dos. Il attacha tant bien que mal les courroies des chiens et saisit son fouet :

— Allons!... Hardi!... En avant! cria-t-il.

Les chiens s'élancèrent. Ils tirèrent de toutes leurs forces, mais le traîneau ne bougea pas.

— Ah! brutes de paresseux! C'est moi qui vais vous faire marcher! cria Hal furieux.

— Je ne veux pas qu'on les batte! fit Mercédes. Les pauvres chéris!.. les chers mignons!... Hal, il faut me promettre de ne pas les toucher avec ce fouet pendant tout le voyage.

— Oui-da; vous vous y entendez à mener des chiens? fit son frère. Laissez-moi tranquille, voulez-vous! Le seul moyen pour en obtenir quelque chose, c'est de les rouer de coups. Tout le monde vous le dira.

Un des hommes d'en face intervint :

— Voulez-vous que je vous dise? Vos bêtes sont faibles à ne pas tenir debout. Il leur faudrait un bon repos.

— Au diable le repos! fit Hal, énervé.

Le fouet de Hal s'abattit à nouveau sur les chiens. Ils déployèrent toute l'énergie qui leur restait, mais le traîneau ne bougea toujours pas. Le fouet se mit à claquer sans merci. Un des spectateurs prit la parole :

— Vous pourriez aider les chiens en ébranlant un peu le traîneau. Les patins sont complètement gelés. Appuyez fortement sur le gouvernail à droite puis à gauche.

Hal daigna écouter ce conseil. Les chiens firent un effort héroïque. Le traîneau s'élança brusquement. Malheureusement au bout de cent mètres, il y avait une descente abrupte dans laquelle le traîneau versa. On s'y attendait. Les chiens continuèrent leur route au lieu de s'arrêter avec Buck au galop. Hal était furieux. Il criait mais les chiens ne l'écoutait pas. Il tomba par terre. Les chiens continuaient à courir. Le traîneau lui passa sur le corps. Dans la grande rue de Skagway, tout le monde riait au passage de ce traîneau qui semait son chargement. Quelqu'un arrêta finalement le traîneau. On ramassa les paquets. Puis on donna des conseils pour un nouveau départ, non sans quelques moqueries.

— Vous avez là assez de couvertures pour ouvrir un hôtel. Laissez-en les trois quarts et vous en aurez encore bien assez... Et tous ces plats qui ne seront certainement jamais lavés!... Quel train de luxe, grand Dieu!

Mercédes pleura à chaudes larmes quand il lui fallut choisir les vêtements à garder. Quand le tri fut fini, il restait encore beaucoup de bagages à emporter. Charles et Hal décidèrent d'acheter six chiens de plus. L'attelage compta ainsi 14 chiens en tout. Les nouveaux n'étaient bons à rien. Buck ne put réussir à leur apprendre le « métier ». Il n'y avait rien à attendre de ces nouveaux chiens, pourtant les deux hommes étaient très fiers de leur équipage. Ils n'avaient aucune expérience d'un voyage arctique, sauf qu'ils avaient fait de savants calculs pour déterminer le poids des rations à emporter et se croyaient dès lors certains de réussir.

Les bêtes n'avaient plus de courage. Buck qui comprenait qu'il allait recommencer pour la cinquième fois la route de Dawson était sans entrain. Les nouvelles bêtes étaient timides. Quant aux anciennes, elles n'avaient pas confiance en leur nou-

veau maîtres, ceux-ci ignorant tout de leur métier. D'ailleurs ils n'apprenaient rien avec les jours qui passaient. Ils étaient négligents et désordonnés donc sans aucun sens de la discipline. Ils passaient la moitié de la nuit pour établir le camp, puis la plus grande partie de la matinée était perdue à lever ce même camp. Certains jours, on parcourait à peine dix miles. D'autre fois, on ne pouvait même pas réussir à se mettre en route... Ils avaient donc pris un grand retard sur leurs prévisions et comprirent que leurs provisions allaient être épuisées avant la fin du voyage. Or, Hal commit une erreur supplémentaire : voyant que les chiens manquaient de force; il décida de doubler leur ration de nourriture. Il fit tant et si bien qu'au bout de peu de jours, la famine menaçait déjà. Voyant cela, Hal décida alors de diminuer la ration journalière et de doubler les heures de marche.

Ses compagnons étaient d'accord avec lui. Ils leur semblaient facile de priver les chiens de nourriture. En revanche ils ne purent se décider à partir plus tôt le matin.

Les souffrances des chiens devinrent cruelles. Dub périt le premier. Une de ses blessures s'enflamma car elle n'avait pas été soignée et Hal dut l'achever avec son revolver. L'un des chiens nouvellement acquis mourut ensuite, suivi par trois pointers. Deux chiens métis résistèrent un peu plus longtemps puis succombèrent à leur tour.

Les voyageurs en étaient épouvantés. Le voyage arctique n'était pas le voyage romantique qu'ils avaient imaginé. La réalité était trop rude pour eux qui manquaient de patience et de douceur. Mercédes commença à pleurer sur elle-même. Elle n'était plus aussi compatissante envers les chiens. Tous les trois se disputaient sans cesse, chacun pensant fournir plus de travail que les autres.

Mercédes était sans doute la plus décontenancée par cette aventure : jolie, délicate et séduisante, elle avait toujours été traitée avec courtoisie et indulgence. Or, son mari et son frère se montraient très grossiers avec elle. Cela la rendait lasse et découragée. Et comme elle persistait à se faire traîner sur le traîneau, elle ajoutait ainsi cent vingt livres du chargement déjà lourd.

Charles et Hal la priaient bien de marcher; ils lui faisaient voir que les pauvres bêtes tombaient de fatigue mais elle répondait par des larmes et ne descendait pas pour autant du traîneau.

Un jour, ils l'enlevèrent de force du traîneau et la posèrent dans la neige. Elle refusa de bouger. Ils continuèrent leur route, finalement ils durent rebrousser chemin pour revenir la prendre. Ils étaient tous si malheureux qu'ils ne pouvaient comprendre la douleur de leurs chiens.

Quand la caravane atteint les Five-Fingers, il n'y avait plus de nourriture pour les chiens. Une vieille Indienne leur vendit quelques livres de cuir de cheval congelé qui se révèla une mauvaise nourriture.

Buck croyait vivre un cauchemar. Il tirait autant qu'il le pouvait jusqu'au moment où il se laissait tomber pour ne se relever que sous une pluie de coups. Sa belle fourrure était devenue terne et son poil traînait dans la boue. Il avait terriblement maigri. En fait, ses camarades étaient dans le même état; ils ressemblaient tous à des squelettes ambulants. Ils n'étaient plus que sept, insensibles. Aux arrêts, ils se laissaient tomber. Seul le bâton ou le fouet réussissait à les réveiller. Ils étaient tous à demi morts.

Un jour, Billee tomba pour ne plus se relever. Hal l'acheva d'un coup de hache sur la tête. Le jour suivant, Roona périt à son tour. Il ne restait plus que cinq chiens : Joe qui était trop fatigué pour grincher; Pike qui boitait et n'avait plus la force de gémir; Sol-leck, le borgne qui avait le cœur brisé de se sentir aussi impuissant; Teek qui était en moins bon état que les autres; et enfin Buck qui n'était plus que l'ombre de lui-même. Il n'arrivait même plus à maintenir la discipline dans l'attelage. Il se dirigeait à l'aveugle. La seule chose qu'il ressentait, était le sol sous ses pattes et rien d'autre.

Le printemps débutait mais ni les hommes ni les chiens ne s'en apercevaient. Le soleil se levait vers trois heures du matin pour ne se coucher qu'à neuf heures du soir. La nature frémissait d'une certaine joie de vivre dans les rayons du soleil. Sur les buissons, un peu de verdure commençait à apparaître. On voyait toutes sortes de petites bestioles sortir de leurs trous; pour se prélasser à la chaude lumière. Les oiseaux chantaient. On entendait de nouveau la farandole de l'eau courante et la musique des fontaines. Le fleuve Yukon brisait peu à peu sa prison de glace. Pourtant, dans ce paysage de rêve, à travers les brises embaumées, une triste caravane se traînait... On croyait voir passer un enterrement.

Les bêtes étaient totalement épuisées. Mercédes ne quittait plus le traîneau. Hal jurait sans arrêt alors que Charles pleurnichait. Ils arrivèrent près du camp d'un certain John Thornton. A l'arrêt, les chiens se laissèrent tomber à terre comme des sacs. Ils semblaient morts. Mercédes sécha ses yeux.

Charles s'assit sur un tronc d'arbre. Hal s'adressa à l'homme qu'il voyait devant lui. John Thornton était en train de peler une branche d'arbre pour en faire un manche de hache. Il continua son travail et ne répondait pas à Hal : il connaissait ce genre de voyageurs qui n'écouteraient jamais ses conseils. Il dit tout de même à Hal de se méfier de la glace très fragile à ce moment du printemps. Hal répondit qu'on l'avait déjà prévenu et ajouta d'un air triomphant :

— Mais on nous disait aussi que nous n'arriverions pas jusqu'ici. Nous y voici tout-de-même!

— Faites attention, dit John Thornton. La glace va bientôt disparaître. Il faudrait être fou pour essayer de passer le fleuve! Même si on me promettait tout l'or de l'Alaska, je ne risquerai pas ma peau sur cette glace en ce moment!

— Nous voulons arriver à Dawson, fit Hal et nous arriverons, quand le diable y serait!...

Il déroula son fouet :

— Allons! Buck!... Debout!... En route!... Vas-tu obéir, grand paresseux?

Thornton continua son travail. Les chiens ne se relevaient pas. Alors le fouet commença à frapper. Thornton serrait les dents. Sol-leck fut le premier à se remettre debout; Teek le suivit; Joe vint ensuite : il hurlait de douleur; Pike se releva également. Seul Buck demeurait immobile sur la glace. Il ne sentait même pas le fouet cruel qui s'abattait sur lui. Thornton en avait les yeux humides. Il essaya de parler mais n'y parvint pas. Il marchait de long en large, très nerveux.

Buck manquait à son devoir pour la première fois. Hal posa son fouet. Il prit un fort gourdin et com-

mença à en frapper Buck qui était réellement incapable de se lever. Il avait aussi le pressentiment d'une catastrophe prochaine : il avait marché toute la journée sur une glace fragile et craquante et avait peur de s'aventurer sur cette rivière où son maître voulait le pousser. Il était si faible qu'il sentait à peine les coups avec cette impression que la vie même le quittait. Soudain John Thornton bondit sur Hal et lui arracha le gourdin. Mercédes poussa un cri. Thornton resta debout près de Buck.

— Si vous touchez encore à ce chien, je vous tue! Il était si furieux et si ému qu'il arrivait à peine à parler.

— Il est à moi, dit Hal. Il faut qu'il nous mène à Dawson... Arrière ou je vous fais votre affaire!

Mais Thornton ne bougea pas d'un pouce. Hal saisit son couteau de chasse. Mercédes poussa à nouveau des cris perçants. Elle tomba dans les bras de son frère, au bord de la crise de nerfs. Thornton fit sauter l'arme des mains de Hal qui la rammassa ensuite dans la neige. Ensuite il coupa tranquillement les traits de Buck avec la lame bien aiguisée.

Hal était embarrassé; sa sœur pesait lourd dans ses bras; il n'avait plus la force de résister. Il pensait que Buck était bien près de mourir et qu'en somme il ne lui serait plus d'une grande utilité. Il le laissa donc étendu sur place et s'éloigna. Quelques minutes plus tard, le traîneau s'ébranla. Pike avait pris la place de Buck en tête; Sol-leck derrière lui, suivi de Joe et de Teek. Mercédes était remontée sur le traîneau. Hal tenait la barre. Charles suivait avec difficulté à l'arrière.

Buck avait relevé la tête en entendant partir ses compagnons. Thornton s'était agenouillé près de lui. D'une main très douce, il tâta le chien partout : il voulait voir s'il avait quelque chose de cassé mais ne découvrit que de nombreuses contusions. Buck était dans un état pitoyable : il était si faible et si maigre que Thornton en fut remué de pitié.

Pendant ce temps, le traîneau avançait sur la glace. Il avait déjà fait un quart de mile. L'homme et le chien le suivaient toujours des yeux jusqu'au moment où ils virent avec horreur l'arrière du traîneau s'enfoncer. La barre que Hal tenait toujours se projeta dans les airs.

On entendit Mercédes pousser un cri horrible. Charles bondit vers l'arrière, mais un énorme morceau de glace s'enfonça et les chiens comme les hommes disparurent dans un trou : la glace avait cédée sous leur poids.

John Thornton regarda Buck :

— Pauvre diable! dit seulement Thornton.

Et Buck lui lécha la main.

V.

Amitié

Au début du dernier hiver, John Thornton avait eu les pieds gelés. Ce qui explique qu'il avait dû rester au camp en attendant d'être guéri. Pendant ce temps, ses camarades remontaient le fleuve. Ils construisaient un radeau pour le charger de bois à destination de Dawson. Thornton boitait encore un peu, mais avec le temps chaud, il se remit tout-à-fait. Buck, étendu au soleil, retrouvait ses forces peu à peu. Il écoutait l'eau couler, les oiseaux chanter. Bref il était heureux d'entendre les bruits harmonieux du printemps dont au loin, le murmure profond de la forêt visible à l'horizon.

Buck avait besoin de repos et était tout heureux qu'on lui en accorde autant. Il profitait des joies de la paresse. Autour de lui, d'ailleurs tout le monde en faisait autant. John Thornton flânait. Les deux chiens Keet et Nig se promenaient aussi en attendant de repartir sur la route.

Skeet était une petite chienne setter irlandaise. Dès le début, elle avait montré à Buck qu'elle l'aimait bien, lui qui était trop malade pour repousser ses avances. Skeet avait ce goût de soigner que l'on trouve chez certains chiens. Et tout de suite, comme une mère chatte avec ses petits, elle se mit à lécher consciencieusement Buck. Elle le pansa avec une vive constance. Chaque matin, après le déjeuner, elle se mettait à son travail d'infirmière. Elle le faisait si bien et avec un tel succès que Buck l'attendait avec autant d'impatience que les visites de Thornton.

L'autre chien s'appelait Nig. Il était également très amical mais plus réservé. C'était un grand chien noir, moitié limier, moitié braque, qui avait des yeux souriants et était toujours d'excellente humeur.

Ces animaux semblaient aussi bons que leur maître. Ils ne montrèrent aucune jalousie envers Buck qui en fut très surpris. Dès qu'il put de nouveau bouger, les deux chiens l'entourèrent, le caressèrent, puis l'entraînèrent dans toutes sortes de jeux. Buck était très touché par cet accueil généreux et comme il avait également une bonne nature, il leur rendit une pleine mesure d'amitié.

Cette heureuse période fut pour lui comme une nouvelle naissance. Il régnait une telle paix tout autour de lui qu'il semblait être entré dans une autre vie. Il était heureux de cette bonne camaraderie, de la brise printanière et de ce sentiment délicieux de la guérison. Tout cela n'était rien à côté du sentiment nouveau qui l'habitait : pour la première fois, un amour vrai et profond s'épanouissait en lui.

Autrefois, quand il vivait dans le domaine du juge Miller, Buck avait donné et reçu des témoignages d'affection. Il y avait eu de l'estime entre lui et le juge; entre lui et ses fils. Il s'était installé un sentiment calme et paisible entre lui et les petits fils du juge. Mais, aujourd'hui, c'était une passion qui l'a-

nimait! Il sentait l'amour brûler en lui comme une flamme brûlante. C'était un très puissant.

Un attachement admiratif pour l'homme. On en a souvent et beaucoup parlé et on ne sait pas vraiment ce que c'est.

Non seulement John Thornton avait sauvé la vie de Buck, mais encore il lui donnait nombres de bienfaits quotidiens. Surtout cet homme comprenait les chiens. Ils les traitaient comme ses propres enfants. Il leur donnait un peu de son cœur et, par exemple, n'oubliait jamais de les saluer ou de leur dire un mot gentil. Les chiens appréciaient beaucoup ces marques d'affection. Il jouait avec eux. Il leur parlait comme à des égaux. Buck sentait tout particulièrement cette attitude juste et humaine. Thornton lui prenait les joues à deux mains pour lui secouer la tête rudement. En même temps, il lançait une série de jurons comme en manière de flatterie. Buck, qui le comprenait bien, en était fou de fierté. Il était en plein bonheur. Quand son maître avait fini, Buck courait autour de lui. Il le regardait avec adoration. Son œil pétillait, ses lèvres souriaient. Il poussait des petits cris de joie. Thornton le regardait émerveillé et répétait pour la centième fois :

— Ah!.... Il ne lui manque que la parole!

Parfois Buck happait la main de son maître. Il la serrait passionnément entre ses dents. Bien sûr, la main de Thornton en ressortait un peu meurtrie, mais, de même que Buck comprenait ses jurons, Thornton savait que cette morsure était en fait une caresse; il ne s'en fâchait donc pas.

Malgré tout, Buck gardait sa dignité. Il était fou de bonheur quand Thornton lui parlait ou le caressait. Pourtant, il ne cherchait pas ces faveurs; il les attendait.

Skeet par contre fourrait son petit nez dans la main de son maître pour demander une caresse. Nig se permettait de poser sa bonne grosse tête sur les genoux de Thornton. Buck, lui, ne savait adorer qu'à distance.

Quand Thornton était occupé, Buck se tenait à ses pieds pour le regarder avec ravissement. Il restait immobile et attentif. Il scrutait le visage de son maître et y découvrait le moindre changement d'humeur. Souvent le pouvoir de ses yeux était tel que Thornton se sentait attiré par une sorte de magnétisme. Les yeux de l'homme se plongeaient dans ceux de la bête et les deux se comprenaient parfaitement.

Pendant assez longtemps, Buck dut garder son maître sous les yeux à chaque moment de la journée. Il avait si souvent changé de maîtres durant cette dernière année qu'il avait peur de le perdre. Il vivait dans la terreur de le voir disparaître de sa vie comme François et Perrault. Alors il le suivait toujours d'un œil. Quand Thornton s'éloignait, Buck tendait l'oreille. La nuit, il se glissait jusqu'au bord de la tente : il n'était rassuré que lorsqu'il l'entendait respirer. Peu à peu ses craintes s'apaisèrent.

Mais malgré cette noble passion, le fauve qui était en Buck grandissait. Son attachement pour Thornton semblait montrer qu'il subissait de nouveau l'influence de la civilisation mais cela n'était qu'une mince influence en surface. Si l'on regardait Buck près de son maître, on voyait un chien majestueux avec une tête superbe, une large poitrine et une fourrure splendide. Son œil était calme et puissant. Qui aurait pu penser que, sous cette toison élégante, le chien-loup de jadis était en train de renaître? Et pourtant, c'était ainsi. Peu à peu, les traces de la civilisation qui avaient fait de lui un animal domestique s'effaçaient. Ses origines sauvages s'affirmaient avec énergie. Ses armes naturelles étaient la ruse, le vol et la violence. Les seules choses sacrées pour lui étaient Thornton, son maître adoré, et ses deux chiens, Skeet et Nig. Mais tout autre être vivant qui le rencontrait devait livrer combat. C'était une lutte pour la vie. Une fois que Buck comprit qu'il n'allait pas perdre son maître, il osa tranquillement partir pour de longues courses en solitaire. Sa vie devint alors une suite de batailles.

Il revenait chaque jour au camp marqué de blessures. N'ayant peur de personne, il se battait contre tous, sans merci. Il fallait tuer ou bien être tué. Il fallait manger ou bien être mangé. C'était la loi primitive, celle de la Nature. Buck obéissait à cette loi.

Il entendait aussi d'autres voix. Du fond de la forêt lui parvenait un mystérieux appel. Il l'entendait chaque jour un peu mieux, un peu plus clairement. C'était un appel si insistant que parfois il avait de la peine à y résister : il prenait sa course jusqu'à la lisière de la forêt. Pourtant au moment d'entrer dans ce monde mystérieux, l'amour pour son maître le retenait. Il rebroussait chemin et venait reprendre sa place parmi les hommes.

Les deux associés de Thornton, Hans et Peter étaient revenus. Ils avaient enfin terminé leur travail sur le radeau. Ils vivaient en bons termes avec Buck, même si les débuts n'avaient pas été bien faciles. Le chien avait été très jaloux de leur arrivée, refusant de leur laisser prendre place au camp. Thornton avait dû lui expliquer avec beaucoup de patience qu'eux aussi faisaient partie de la famille. Buck finit par les accepter, mais jamais il ne leur donna la moindre parcelle de son affection. Cela était réservé à Thornton seul; et seul Thornton pouvait faire obéir Buck dont il pouvait obtenir tout ce qu'il voulait.

Un jour de halte, les trois chercheurs d'or étaient arrêtés au sommet d'une falaise abrupte qui surplombait le fleuve d'une hauteur de trois cents pieds environ. Comme à son habitude, Buck se reposait aux pieds de son maître. Il guettait son regard, attendait un ordre, un signe. Les yeux de Thornton tombèrent sur lui avec tendresse, lorsque, soudain, une idée bizarre lui traversa l'esprit. Il eut envie d'étonner ses camarades, de leur montrer son pouvoir sur l'animal. Cela n'était pourtant pas dans les habitudes du calme et réservé Thornton.

— Vous allez voir!.... Saute, Buck! fit-il en lui montrant le gouffre ouvert.

Sans hésitation, Buck prit son élan vers l'abîme. A ce moment, l'homme comprit quelle folie était la sienne. Il se jeta au secours de son chien, courrant à son tour mille périls. Ses deux camarades se précipitèrent à leur suite et les arrachèrent tous deux à la mort.

— Il ne faudrait pas recommencer cette plaisanterie tous les jours, fit remarquer Hans.

— Non, dit brièvement Thornton. D'un côté il avait honte d'avoir cédé à un mouvement d'orgueil, d'un autre, il était très fier de l'attitude de son chien.

— Je ne voudrais pas être dans les souliers de l'homme qui vous attaquerait, lui présent, ajouta

Peter, après un temps; il passerait un bien mauvais quart d'heure!

Peter ne croyait pas si bien dire.

Vers la fin de l'année, les trois compagnons se trouvaient dans un bar de Circle-City. Il y avait un grand nombre d'autres chercheurs d'or dans ce bar. Buck se tenait dans un coin, la tête sur les pattes, surveillant comme toujours chaque mouvement de son maître.

Une querelle éclata soudain. Un certain Burton dit le Noir voulait se battre avec un consommateur inoffensif. Thornton qui était un homme sensé essaya de calmer Burton le Noir qui retourna sa colère contre Thornton; et sans le prévenir, lui envoya un coup de poing en pleine figure. Thornton dut se cramponner à la barre du buffet pour ne pas tomber.

Du fond de la salle, on entendit alors un véritable hurlement de loup. On put voir un énorme projectile passer au-dessus des têtes : c'était Buck volant sur l'agresseur de son maître, le poil hérissé, l'œil sanglant, la gueule ouverte, prêt à dévorer... Burton eut à peine le temps de se protéger de son bras. Buck y referma ses machoires, puis le relâcha aussitôt. Il se jeta sur l'homme de tout son poids et avant que la foule ait pu l'en empêcher, il lui ouvrit la gorge d'un coup de dent.

On parvient à l'écarter — en fait, seule la voix de Thornton pouvait obtenir ce miracle. On lui arracha sa victime, alors qu'un médecin accourait pour examiner le blessé. Buck était encore tout secoué par la colère. Un grognement sourd se prolongeait dans sa poitrine. Il voulait achever sa victime.

Les chercheurs d'or se réunirent ensuite pour juger Buck qui avait si grièvement blessé l'un des leurs. Mais ils reconnurent finalement que Buck avait eu raison d'attaquer cet homme. Le chien fut donc acquitté. Son nom devint plus fameux encore dans les camps de l'Alaska. Buck, chaque jour, continuait à faire preuve de force, de courage et d'un dévouement hors du commun.

A la fin de l'année, les trois compagnons se trouvaient de nouveau en voyage. Ils avaient à franchir avec leur bateau une série de rapides très violents. Pour cela, Hans et Peter restaient sur la berge et tiraient le canot à l'aide d'une corde. Mais ils devaient enrouler cette corde d'arbre en arbre pour ne pas être emportés par le courant. Pendant ce temps, Thornton se tenait sur l'embarcation et la conduisait avec une perche pour éviter les rochers. Buck déambulait sur la rive ne quittant jamais son maître du regard. Il était anxieux, avançant en même temps que lui.

Au début, tout marcha bien. Puis, il fallut lâcher la corde pour laisser le canot franchir une ligne de rochers pointus. Le passage se fit sans encombre, mais quand vint le moment de resserrer la corde, l'embarcation se retourna. Thornton fut brutalement projeté par dessus bord et entraîné avec une violence inouïe vers la partie la plus dangereuse des rapides.

Buck plongea immédiatement. L'eau était effrayante : la rivière ressemblait à une chaudière en ébullition. Buck nagea droit vers son maître qu'il voyait se débattre et parvint à le rejoindre.

Buck sentit que son maître l'avait saisi par la queue. Il retourna immédiatement et se dirigea vers la berge. Hélas! en dépit d'efforts désespérés, il n'arrivait pas à avancer, la force du courant étant inordinaire.

Un peu plus bas, on voyait poindre des pierres aigües en dents de scie. La fureur de l'eau contre ces pierres était effroyable. Thornton, bien qu'épuisé par cette lutte inégale, réussit à saisir une de ces roches avec ses deux mains. D'une voix faible, il ordonna à Buck de retourner vers Hans et Peter. Buck comprit aussitôt; il regarda une dernière fois son maître comme pour y trouver de la force, puis il nagea vigoureusement jusqu'à la verge. Les deux hommes, aussi, avaient compris ce que Thornton avait imaginé. Sans perdre une minute, ils passèrent une corde autour du cou et des épaules de Buck et le relancèrent à l'eau.

Le chien affronta le courant une deuxième fois. Il nageait avec vigueur; la distance entre lui et son maître diminuait mais dans sa hâte, il manqua son but le dépassant. Il essaya de revenir en arrière, malheureusement il fut entraîné par les eaux furieuses. Il disparu de la surface. Hans et Peter tirèrent sur la corde et le ramenèrent à demi noyé sur la berge. Ils le pressèrent pour le faire respirer. Buck se releva mais retomba comme foudroyé sur le sol. Les deux hommes crurent qu'il était en train de mourir. A ce moment, on entendit au loin la voix faible de Thornton qui lançait un dernier appel au secours.

Cette voix possède sur Buck un pouvoir presque magique. Du fond de son évanouissement, il en reconnut le son. Il se releva revint au point de départ. Buck avait l'air frais et dispos, guéri. Il voulut repartir sans perdre une seule seconde.

La corde fut de nouveau enroulée autour de son corps. Cette fois, Buck se montra plus prudent. Il sut maîtriser son impatience, comprendre qu'il devait modérer son ardeur, bien viser son but et le toucher. Tout d'abord, il coupa le courant de travers pour arriver au dessus de Thornton et se laisser tomber sur lui. Thornton, qui l'a vu arriver, le saisit par le cou. Les voilà entraînés; ils coulent à pic. Par chance la corde fut solide. Elle les ramena enfin sur la berge, étranglés, meurtris, mais vivants.

Hans et Peter se précipitèrent sur leur camarade, que leurs rudes soins réanimèrent vite. Son premier regard fut pour Buck dont le corps gisait inerte. En le voyant ainsi, Nig poussait déjà un hurlement à la mort. Skeet, plus avisée, léchait le museau mouillé et les yeux fermés du pauvre Buck.

Bien qu'il fut épuisé et blessé, Thornton se mit immédiatement à masser Buck qui semblait avoir trois côtes cassées. Les trois hommes décidèrent de camper sur place songeant qu'il fallait permettre à Buck de se remettre sérieusement.

Cet hiver-là, Buck accomplit un autre exploit, moins héroïque certes, mais extrêmement profitable aux trois hommes. Il leur permit de s'outiller convenablement alors qu'ils avaient l'intention d'aller explorer une certaine région de l'Est que personne jusque là n'avait encore exploitée.

Un jour, des chercheurs d'or s'étaient réunis dans un café, l'Eldorado Saloon. Les hommes buvaient. Comme à l'accoutumé en vantant les mérites de leurs chiens respectifs.

— Le mien est capable de traîner à lui seul un poids de six cents livres, disait l'un. Il ne mentait qu'à moitié.

— Et le mien en tirerait bien sept cents, dit Matthewson, l'un des personnages importants de l'endroit.

— Sept cents? fit Thornton. Mon Buck en trainerait mille!

— Oui-da? fit Matthewson jaloux. Il est si fort que cela? Et sans doute serait-il capable de faire démarrer mon traîneau qui est là collé sur la neige gelée? Peut-être même pourrait-il le tirer tout seul sur un parcours de cent mètres?

— Tout à fait capable, répliqua tranquillement Thornton.

— Eh bien, dit Matthewson à haute voix pour que tout le monde l'entende, je parie mille dollars qu'il n'en est pas capable. Et voilà!

En même temps qu'il prononçait ces paroles, il déposait un sac de poudre d'or sur la table. Il y eut un silence. Thorton devint tout rouge; il avait vraiment parlé trop vite.

Il pensait sincèrement que son chien pouvait traîner un poids pareil, mais il ne l'avait jamais vu le faire. De plus, les trois associés ne possédaient pas mille dollars. Il fallut se décider. L'assistance attendait une réponse.

— Mon traîneau est à la porte avec vingt sacs de farine de cinquante livres chacun. Ne vous gênez donc pas! dit Matthewson avec un rire brutal.

Thornton ne réagit pas. Il était préoccupé, cherchant une excuse. Ses yeux se posèrent sur le visage d'un vieil ami, Jim O'Brien, un autre roi de l'or de la région. Il reprit tout son courage, et se leva pour aller vers lui :

— Pouvez-vous me prêter mille dollars? lui demanda-t-il.

— Sûr, répondit O'Brien en déposant le même sac sur la table. Mais je crains bien, John, que la bête ne réussisse pas.

Tous les occupants de l'Eldorado sortirent dans la rue pour assister à l'épreuve. Les hommes se mirent bien vite à parier entre eux. Certains, couverts de fourrures, entourèrent le traîneau, lequel chargé de mille livres de farine, stationnait devant le café depuis déjà plus de deux heures. Le thermomètre indiquait soixante degrés au-dessous de zéro...

Les patins du traîneau avaient gelé sur la neige durcie; on pariait que Buck ne pourrait pas faire bouger le traîneau qui semblait collé au sol. On commença à discuter : O'Brien disait que Thornton avait le droit de dégeler d'abord les patins; Matthewson affirmait que son pari comprenait aussi le bris de la glace sous les patins. La majorité des hommes présents lui donnèrent raison. Les paris contre Buck montèrent.

Personne ne le croyait capable de réaliser un exploit pareil. Thornton regardait le traîneau où étaient attelés encore dix chiens. Penser que Buck devait à lui tout seul les remplacer, il commençait à regretter d'avoir parlé si vite. Matthewson pensait lui déjà avoir gagné son pari.

— Trois contre un! Je vous donnerai un autre billet de mille à ce compte-là, Thornton! Voulez-vous? criait-il.

En entendant ces mots de Matthewson, Thornton sentit l'esprit de compétition se réveiller en lui. Il était prêt à tenter l'impossible. Apercevant Hans et Peter, il les appela. Les trois hommes comptèrent le contenu de leurs bourses respectives : ils arrivèrent à peine à la somme de deux cents dollars. C'était là toute leur richesse. Cependant, aucun d'entre eux n'hésita à engager cette somme contre les six cents dollars de Matthewson.

On détela les dix chiens de Matthewson. Buck était déjà tout harnaché. Il les remplaça devant le traîneau. On avait l'impression qu'il avait compris tout ce qui se passait. C'était comme si l'excitation générale l'avait gagnée. Il comprenait qu'il devait tenter un effort suprême pour son maître. Quand les spectateurs découvrirent ses formes superbes, un murmure d'admiration s'éleva de la foule. Il faut reconnaître que Buck était merveilleusement « en forme ». Il n'avait pas un gramme de graisse superflue et son pelage était brillant, luisant comme de la soie. On pouvait voir sa crinière, légèrement hérissée sur son cou et sur ses épaules, qui ondulait à chacun de ses mouvements. Les proportions de sa large poitrine et de ses fortes pattes étaient parfaites. Les connaisseurs vinrent tâter ses muscles. Ils étaient durs comme de l'acier. Les paris redescendirent à deux contre un.

— Pardieu, monsieur, je vous en offre huit cents dollars avant même l'épreuve. Huit cents dollars tel qu'il est là, dit à Thornton un des hommes les plus riches de Shookum-Bench.

Thornton secoua la tête pour refuser. Il vint se placer tout près de Buck. Matthewson protesta :

— Vous ne devez pas être à côté de lui. Franc jeu, et de la place!

La foule était silencieuse. On n'entendait que les voix des parieurs. Ils offraient maintenant Buck à deux contre un mais les vingt sacs de farine pesaient toujours aussi lourd! Les spectateurs hésitaient à ouvrir leurs porte-monnaies. Thornton se mit à genoux près de Buck. Il lui saisit la tête entre ses deux mains et l'appuya tendrement contre sa joue lui murmurant tout bas :

— Fais cela pour moi, Buck, mon chien, fais cela pour l'amour de moi!

On entendit Buck qui gémissait.

La foule regardait l'homme et son chien avec curiosité. Il semblait que l'affaire était en train de devenir mystique. Certains pensaient qu'il avait de la sorcellerie là-dessous! Thornton se releva enfin. Buck saisit alors de ses dents la main de son maître. Il la mordit légèrement en guise de réponse. C'était en même temps un message d'amour. Thornton recula alors lentement.

— Maintenant, Buck! dit-il.

Buck tendit les traits. Il les relâcha ensuite de quelques centimètres. Il avait bien retenu toutes ses leçons.

— Haw! fit alors Thornton.

Sa voix résonna fortement. Le silence était absolu.

Buck se porta alors vers la droite. Il fit un mouvement en avant suivi d'un bond. Les traits se tendirent. Buck arrêta net son élan. Le traîneau et son chargement tremblèrent. Il y eut sous les patins un craquement bien audible.

— Gee! commanda ensuite Thornton.

Buck répéta la même manœuvre vers la gauche. Le craquement si fit plus net et plus fort. Soudain, le traîneau remua. On entendit les patins grincer. Le traîneau glissa de quelques centimètres.

Thornton lança le commandement final :

— Mush!

Cette fois, sa voix retentit dans la ruelle glacée comme un coup de clairon. Buck fit un pas en avant raidissant ses traits. Son corps tout entier se vouait à cet effort désespéré. Les muscles se nouaient sous la fourrure comme tout autant d'êtres vivants. La large poitrine de Buck touchait presque le sol. Ses pattes se crispaient et leurs griffes creusaient des sillons dans la neige. Le traîneau oscilla, fut parcouru d'un tremblement. Il parut s'ébranler, mais voilà que Buck trébucha : une de ses pattes avait glissé sur la neige glacée. Un des spectateurs ne put se retenir de jurer tout haut. Mais Buck ne tomba point. Le traîneau bougea vers l'avant par toutes petites secousses. La progression continua. Et puis, le traîneau ne s'arrêta plus. Il gagna un centimètre.... puis deux centimètres.... puis dix centimètres!

L'élan était donné. La lourde masse était maintenant en équilibre parfait et elle avançait bien visiblement. Les hommes se retenaient de respirer. Thornton était derrière le traîneau lançant des petits mots brefs pour encourager Buck.

On avait soigneusement et précisément mesuré la distance que Buck devait parcourir. Le bel animal s'approcha de la pile de bois qui servait de but. La foule fit entendre une acclamation qui se changea bien vite en clameur : Buck avait même dépassé les buches! Et il ne s'arrêta que lorsque Thornton le lui commanda. Tous les hommes étaient pleins d'enthousiasme. Ils jetaient leurs chapeaux et leurs gants fourrés en l'air. Matthewson, lui aussi, participait à la joie générale.

Thornton était à genoux auprès de Buck, rayonnant. Il lui avait de nouveau pris sa belle tête entre ses mains, la secouant rudement et lui donnant sa suprême récompense bien sûr accompagnée des meilleurs jurons.

L'homme riche de Shookum-Bench s'approcha de Thornton. Il bégayait presque d'émotion :

— Monsieur, je vous en donne mille dollars, entendez-vous? Mille dollars, tout de suite!..... Non! Douze cents si vous voulez!

Thornton se releva. Ses yeux étaient humides. Il ne chercha pas à cacher ses larmes.

— Non, monsieur, non, répondit-il. Allez au diable, monsieur; c'est tout ce que j'ai à vous répondre.

Buck avait saisi la main de Thornton entre ses machoires. Il la serrait avec toute la tendresse dont il était capable. Les spectateurs se retirèrent un à un ne voulant pas troubler le tête-à-tête émouvant des deux amis.

VI.

L'appel résonne

Grâce à Buck, John Thornton put gagner six cents dollars en quelques minutes et ainsi payer certaines dettes gênantes. Il allait pouvoir aussi réaliser un projet qui lui tenait à cœur depuis longtemps : aller vers l'Est tenter de trouver cette mine fabuleuse dont tout le monde parlait comme d'un mythe.

Bien des aventuriers étaient partis à sa découverte, peu en étaient revenus. Peut-être des milliers avaient disparu sans laisser de traces et on ne connaissait même pas le nom du premier aventurier qui l'avait découverte. Il n'existait rien de vraiment précis à son sujet, d'ailleurs. On savait seulement que son emplacement était marqué par une cabane en ruine.

Certains aventuriers en étaient revenus, mais épuisés et complètement mourants. Ils l'avaient décrite et montraient, en racontant leur histoire, des pépites d'or d'une taille que les autres chercheurs d'or n'avaient jamais vue.

Les trésors de cette mine n'appartenaient à personne : les morts ne les réclameraient pas. C'est pourquoi John Thornton, Hans et Peter, accompagnés de Buck et de six autres chiens se dirigèrent vers l'Est à la poursuite de richesses de rêve sur une piste encore inconnue pour eux.

Ils remontèrent en traîneau le Yukon glacé, tournèrent dans la rivière Stewart, passèrent le Mayo et le Mac-Question, puis continuèrent leur route jusqu'à la source du Stewart puis durent escalader des sommets escarpés.

John Thornton comptait peu sur l'homme pendant de telles expéditions, plutôt sur la nature. Par chance, il n'avait pas peur de la solitude. Il lui suffisait d'une poignée de sel et d'un fusil et il osait s'enfoncer dans les pays les plus sauvages. Il savait se tirer d'affaire de tout sans jamais être pressé. Il chassait sa nourriture au fil du voyage. Si parfois le gibier manquait, il savait qu'il en retrouverait vite et comme leur nourriture allait être composée pendant tout le trajet de viande fraîche, ils avaient pris d'autant plus de munitions et d'outils.

Buck était très heureux car il aimait cette vie de chasse et de pêche. Il aimait parcourir ainsi des pays inconnus. Pour lui, ce fut une époque de joie permanente.

On marcha parfois du matin au soir pendant des semaines, puis on établissait le camp pour un certain temps dans un lieu isolé. Les chiens pouvaient alors flâner. Les hommes faisaient des trous dans la terre et lavaient de grandes assiettes de boue dorée près du feu. Tantôt on mangeait bien, tantôt la nourriture venait à manquer : c'était selon les hasards de la chasse.

L'été arriva. Hommes et chiens traversèrent en bateau les lacs de montagnes et remontant des rivières pour eux inconnues. Les mois passaient à errer dans cette vaste étendue déserte. Ils n'avaient pas de carte pour se diriger, mais si la tradition disait vrai, des hommes étaient déjà passés par là.

La neige les tourmenta même en plein été. Ils subirent de violents orages. Les vents étaient cinglants, les éclairs aveuglants. Ils virent la foudre tomber à leurs côtés. Ils eurent froid alors que le soleil de minuit illuminait sur le haut des sommets. Ensuite ils arrivèrent dans de chaudes vallées infestées de moustiques où ils cueillirent des fruits qui ressemblaient étrangement à ceux que l'on trouve dans le Sud.

Vers la fin de l'année, les voyageurs arrivèrent dans une région très triste. C'était un endroit fantastique, tout coupé de lacs où l'on n'entendait que le souffle glacé du vent. Le bruit des vagues sur les rivages avait quelque chose de mélancolique.

Devant un hiver supplémentaire les explorateurs suivirent les traces de ceux qui les avaient précédés. Elles étaient déjà à demi effacées mais les hommes pensèrent arriver par cette route à la cabane mystérieuse. Malheureusement cette voie semblait n'avoir ni commencement, ni fin. Elle resta un mystère comme la destinée de ceux qui l'avait tracée.

Une autre fois, les trois hommes découvrirent une hutte de chasseurs, qui semblait abandonnée depuis fort longtemps. On y trouva des lambeaux de couverture pourries. Parmi ces détritus, Thornton découvrit un fusil à pierre. Ce modèle de fusil datait des premières années de la Compagnie de la baie d'Hudson. C'est dire qu'il était très ancien. Thornton regarda autour de lui mais il n'y avait aucune autre trace de l'inconnu qui avait construit cet abri.

On ne voyait rien d'autre qui aurait pu appartenir à l'homme qui avait respiré et vécu à cet endroit il y a bien longtemps.

Le printemps revint encore une fois. L'arrivée de cette saison mit fin aux voyages des trois compagnons. Ils n'avaient pas découvert la cabane de la mine mystérieuse, mais ils n'étaient pas perdants pour autant : au fond d'une vallée cachée, ils avaient trouvé un gisement d'or.

Ils ne cherchèrent pas plus loin. Ils se mirent à travailler chaque jour régulièrement, ce qui leur apporta des milliers de dollars en poudre ou en pépites. Ils fabriquèrent des sacs avec des peaux d'élan pour y enfermer la poudre d'or. Chaque sac contenait cinquante livres d'or.

Les jours passaient très vite. C'était là un travail formidable. Pendant ce temps, les chiens n'avaient pas grand chose à faire. Ils se contentaient de ramener au camp le gibier qu'avait abattu Thornton. En cette période, Buck aimait rester près du feu. Il rêvait en se réchauffant à ces choses primitives dont il avait une nostalgie qu'il n'arrivait pas à bien comprendre.

Sortes de visions troubles d'époques lointaines, il croyait entendre l'appel de la forêt résonner au fond de lui. Un appel qui éveillait en lui des désirs étranges. Buck était alors poussé par quelque chose de plus fort que sa propre volonté. C'était comme un pouvoir surnaturel qui s'emparait de lui. Il partait en chasse cherchant à découvrir l'origine de ce chant qui résonnait en lui. Il errait dans la forêt et respirait l'odeur de la mousse et des longues herbes. Il se sentait devenir complètement ivre et habité d'une joie mystérieuse. Ces odeurs, il était sûr de les avoir déjà senties, il y a très longtemps.

C'est alors que le souvenir de l'Homme aux longs bras lui revint. Cette fois il le voyait plus clairement : il était couvert de poils et lui, Buck, le suivait autrefois. Il s'attendait à le trouver au détour du taillis. Il arriva sur un sentier qui était marqué par le fréquent passage des bêtes sauvages. Buck chercha toujours avec plus de passion et d'ardeur... Il devait trouver...

Buck était très patient. Il restait parfois des journées entières caché derrière un tronc d'arbre, d'où il guettait sans se lasser. Il était très curieux et regardait avec attention tout ce qui bougeait autour de lui. Il y avait toutes les petites bêtes abritées dans les arbres. Des insectes ou bien de petites bestioles au poil fauve.

Quand Buck voyait qu'il n'y avait plus rien à attendre, il rentrait au camp. Il s'étendait auprès du feu et reprenait ses rêveries.

Soudain, on le vit lever la tête. Il dressa les oreilles, écouta. Tout attentif, il était le seul à entendre quelque chose. Obéissant à ce l'on ne sait quoi, il bondit sur ses pieds et fila droit devant lui. Il courru alors pendant des heures. La forêt dessinait des voutes fraîches sur son passage. Il fila dans le lit desséché des torrents, à travers les grands espaces découverts et fleuris. Mais, ce qu'il aimait par dessus tout, c'était de courir dans la pénombre des nuits d'été. Les parfums lui montaient à la tête tant il était heureux d'entendre les murmures de la forêt. C'était l'heure où l'Appel résonnait; c'était l'heure où il était le plus profond, le plus mystérieux; c'était l'heure où il était le plus proche aussi. Cette Voix l'attirait sans cesse et sans cesse, elle l'appelait à lui du fond même de la Nature et des âges.

Une nuit, Buck se réveilla en sursaut. Il fut tout-de-suite aux aguets. On voyait ses yeux briller dans l'ombre et son poil se hérisser en vagues tourmentées, les narines frémissantes... L'Appel, bien sûr, mais cette fois, il était vraiment tout près. Jamais Buck ne l'avait entendu d'une façon aussi claire et aussi nette. Pour un homme, on aurait dit banalement le long hurlement d'un chien sauvage.

Buck reconnut alors un cri familier. Il l'avait entendu autrefois et l'avait cherché pendant des semaines entières...

Il se leva sans bruit, traversa le camp endormi, rapide et silencieux pour s'élancer vers le sous-bois. La Voix retentissait toujours. Buck se rapprochait de celui qui l'appelait. Comme il était prudent et rusé, il ralentit un peu son allure, puis n'avança que doucement.

Et tout à coup, au cœur même de la clairière, il vit un loup. Il était long, gris et très maigre et se tenait assis sur ses hanches. Il hurlait à la lune.

Buck n'avait fait aucun bruit mais le loup de forêt l'avait sentit arriver. Il arrêta brusquement son chant. Buck s'avança alors, la queue droite, les breilles hautes, prêt à bondir. Il avait l'air menaçant, bien qu'il voulait lier amitié. Le fauve ne comprit pas ces avances et prit la fuite.

Buck le suivit alors. Il courait à grands bonds, rempli du désir un peu fou d'accompagner le loup. Les deux animaux coururent pendant très longtemps, presque l'un à côté de l'autre. A un moment, le loup s'engagea dans le lit desséché d'un torrent qui s'avéra barré par un amas de branches et de bois mort. La bête sauvage ne put plus ni avancer ni reculer. Elle se retourna d'un bond, faisant le même mouvement familier que Joe et les chiens indigènes quand ils étaient aux abois. Elle fit claquer ses machoires à grand bruit, mais surtout, elle attendit.

Buck ne l'attaqua pas. Il tourna autour d'elle faisant entendre un petit murmure très amical. Il remuait sa queue et riait en montrant toutes ses dents mais le loup se méfiait. Il n'avait pas confiance en ces marques d'amitié nouvelles pour lui. D'ailleurs Buck était bien plus grand que lui, le dépassant d'une bonne tête. Le loup en avait peur. D'un seul coup, il fit un mouvement souple. Il réussit à s'échapper et reprit sa course de plus belle.

La poursuite continua. Le loup faillit être pris encore une seconde fois. La bête était en très mauvaise condition. C'était la seule raison qui permettait à Buck de l'égaler à la course. Les deux animaux couraient presque côte à côte. De temps en temps le loup s'arrêtait pour montrer ses dents, puis il fuyait de plus belle.

Il comprit enfin que Buck ne voulait pas lui faire de mal. Il s'arrêta laissant le chien s'approcher de lui et lui flairer le museau. C'est ainsi que les deux animaux devinrent amis. Sans transition ils se mirent à jouer ensemble, à courir et à gambader de cette façon turbulente qu'ont les animaux sauvages, mais alors qui pourrait imaginer qu'elles peuvent être très féroces.

Un peu plus tard, le loup se remit en marche d'une allure aisée. On voyait qu'il se dirigeait vers un endroit bien précis faisant comprendre à Buck de l'accompagner. Buck et le loup se mirent à courir dans la pénombre. Ils suivirent une fois de plus le lit des torrents pour arriver dans une région de plaines et de forêts étendues, parcourrues par de nombreux ruisseaux. Les deux animaux galopèrent de longues heures à travers ces espaces presque infinis. Maintenant le soleil se levait à l'horizon.

Buck se sentait profondément heureux. Tous les souvenirs anciens auxquels il avait si longtemps rêvé lui revenaient en foule. Mais surtout il courait aux côtés de son frère sauvage et foulait cette terre vierge avec, au dessus de sa tête, tous les cieux du monde.

Les deux coureurs s'étaient arrêtés pour boire à un ruisseau. L'eau claire était très froide, ce qui dissipa l'ivresse de Buck. Il se remit soudain à penser à Thornton. Il s'assit sur place. Ayant bu, le loup reprit sa course mais il dût revenir sur ses pas. Il s'approcha de Buck. Il le poussa de son nez pour l'encourager à le suivre.

Puis Buck retourna lentement sur ses pas. Son frère sauvage l'accompagna pendant une heure en gémissant tout doucement de tristesse. Il s'assit à son tour, pointa son museau vers le ciel et il poussa un long hurlement lugubre. Buck poursuivit tout de même sa route. Le hurlement résonna encore longtemps dans le lointain.

Thornton était en train de finir son dîner quand Buck arriva au camp. Il déboucha en trombe et sauta sur son maître pour lui lécher la figure et les mains. Il aboyait de joie, renversant tout sur son passage. Il voulait prouver sa tendresse à Thornton qui ne l'avait jamais vu aussi exhubérant...

Buck resta au camp pendant deux jours et deux nuits. Il ne quitta pas son maître des yeux. Puis il se sentit peu à peu hanté par le souvenir de cette course qu'il avait faite avec le loup. Il revoyait le pays souriant et sauvage qu'ils avaient traversé... Buck repartit vers les bois mais ne réussit cependant pas à retrouver son compagnon. La voix sauvage ne se faisait plus entendre.

Buck avait confiance en lui. Cela se sentait dans tous ses mouvements et il se dégageait de tout son être une sorte de plénitude gracieuse mais terrible. Il aurait ressemblé à un loup géant s'il n'y avait pas eu sur son front et sa large poitrine une bizarre étoile blanche. Son museau et ses yeux étaient couleur fauve. D'ailleurs il était aussi rusé qu'un loup et il avait la force et le courage de son père qui était d'une stature peu commune. Il avait l'intelligence et la beauté de sa mère la fine colley d'Ecosse. Toutes ces qualités jointes à une expérience durement acquise en faisait une créature superbe mais redoutable.

— Jamais on ne vit un chien pareil! répetait souvent Thornton.

Il était très fier de son Buck. Il le regardait marcher dans le camp, orgueilleux et fort. Buck semblait être le roi de la création et de tout ce qui l'entourait.

Pourtant, personne ne devinait ce qui se passait dans sa tête et la métamorphose qu'il subissait chaque fois qu'il pénétrait dans la forêt. Il ne marchait plus de la même manière. En quelques minutes c'était un animal sauvage, silencieux et léger, une ombre furtive que l'on voyait à peine parmi d'autres. Il savait utiliser le moindre abri ou se traîner sur le ventre comme un serpent. Et comme lui, bondir et frapper. Mais Buck ne tuait jamais pour le simple plaisir. Il le faisait uniquement pour vivre en se nourissant du produit de sa chasse.

L'hiver approchait. C'était la saison où les élans descendaient en grand nombre : ils voulaient passer la saison froide dans les vallées, mieux abritées, et dotées d'un climat beaucoup plus doux. Buck avait déjà réussi une fois à capturer un jeune élan d'assez bonne taille. Ambitieux, il voulait s'emparer d'une proie plus grande, pensant que cela était plus digne de lui. Il eut enfin cette chance. Cela se passait dans un défilé très isolé.

Une vingtaine d'élans descendaient par petites étapes de la région des bois et des sources. Ils étaient conduits par un vieux chef, une bête à l'air farouche qui mesurait au moins six pieds. Sa tête formidable était ornée de bois immenses, chacun portant au moins quatorze andouillers. Les yeux de l'élan étaient petits, mais ils brillaient d'une lueur verte et cruelle. Buck avait devant lui un adversaire redoutable.

L'élan rugit en apercevant le chien. Il était d'autant plus furieux qu'il avait été atteint par une flèche d'Indien, un bout de cette flèche lui sortait d'ailleurs à mi-flanc.

Buck était guidé par son instinct de chasseur. L'instinct même de ses ancêtres qui chassaient déjà dans les premiers âges de la terre. Il commença par essayer d'isoler sa proie du reste du troupeau. Ce n'était pas une tâche facile : le vieux mâle était méfiant, rusé et féroce. Buck dansait devant l'élan aboyant afin de l'énerver. Il gardait cependant ses distances, faisant bien attention de ne pas se laisser atteindre par les andouillers ou écraser par les terribles pieds de l'élan.

L'animal furieux fonçait sur Buck qui faisait semblant de fuir. Le chien voulait entraîner l'élan à sa poursuite. Mais, dès que le vieil élan faisait mine de s'éloigner du troupeau, deux jeunes venaient à son secours, et à leur tour, chargeaient Buck. Leur chef pouvait alors rejoindre le troupeau.

Les bêtes sauvages savent être patientes. Elles sont tenaces comme leur vie même. Buck avait cette patience. Il ne quittait pas les flancs du troupeau, s'attaquant même aux femelles et aux petits. Il courait autour des bêtes en décrivant des arcs de cercle. L'animal blessé était fou de rage, mais il ne pouvait rien contre Buck. Cette poursuite continua toute la journée.

Le soleil se couchait. Les jeunes élans aussi étaient fatigués et mettaient moins d'entrain à venir au secours de leur vieux chef. Ils sentaient confusément que l'hiver approchait et qu'il leur fallait absolument atteindre les pâturages mieux abrités avant les premières neiges. Leur instinct les incitait à sacrifier le vieux chef si tout le reste du troupeau pouvait être sauvé.

La nuit tomba. Le vieux mâle se tenait la tête basse, regardait ses compagnons s'éloigner mais ne pouvant plus les suivre. Il regardait partir les femelles qu'il avait protégées, les petits dont il était le père. Il regardait les jeunes audacieux qu'il avait vaincus en combat. Tous disparaissaient dans un pas de plus en plus rapide.

Le vieil élan allait terminer sa longue vie de luttes et de victoires sous les dents d'un animal qui lui arrivait à peine aux genoux. Buck ne le lâcha pas un seul instant, ni jour, ni nuit. Sans répit, il l'empêcha de dormir, de boire ou de brouter l'herbe. L'élan était désespéré; il se lançait parfois dans des galops sans but, mais il était facile à Buck de suivre l'élan.

Il se couchait quand sa victime s'arrêtait mais l'attaquait dès qu'elle faisait mine de boire ou de manger.

La lourde tête de l'élan s'affaissait de plus en plus, tant les bois semblaient énormes à porter. L'Elan marchait de moins en moins vite. Il restait sans bouger pendant de longs instants. Son nez restait baissé vers la terre, ses oreilles étaient pendantes. Buck lui-même pouvait alors se reposer et boire.

Pendant ces moments de répit, Buck se couchait haletant. Sa langue rouge tranchait sur ses dents blanches. Il avait l'impression d'un changement subtil tout autour de lui comme si quelque chose se passait dans la contrée. On eût dit que des êtres nouveaux étaient venus, en même temps que les élans. Buck décelait imperceptiblement leur présence dans la forêt, dans l'onde et dans l'air. Il décida qu'une fois la chasse terminée, il essaierait de mieux percer ce mystère étrange.

Le soir du quatrième jour de chasse, Buck terrassa enfin le grand élan. Il resta pendant vingt-quatre heures près de sa proie. Il mangeait et dormait car il avait un grand besoin de repos. Quand il se sentit reconstitué, il reprit le chemin du camp de Thornton. Il pouvait courir pendant des heures sans jamais se tromper. Il se dirigeait très sûrement. Son galop en était long et aisé.

Au fur et à mesure du trajet, le changement lui apparaissait. Il y avait une présence nouvelle. Mais ce n'était pas seulement son instinct qui le lui faisait pressentir, les autres animaux aussi lui en apportaient la preuve et même la brise. Il s'arrêta plusieurs fois pour humer l'air. Essayant de déchiffrer ce message; sa course reprenait alors avec plus d'ardeur. Il sentait comme un drame tout proche. Mais il ne savait pas encore si le drame allait se produire ou s'il était déjà consommé. Après avoir traversé la dernière cascade, il descendit vers le camp avec la plus grande prudence.

Au bout de trois miles, il croisa une piste toute fraîche qui menait tout droit au camp de son maître. Buck se hâta, ses poils se hérissaient déjà. Il était attentif à mille détails qui lui confirmaient certains faits, mais il ne savait toujours pas quoi en conclure.

Il sentait bien sur son passage que des êtres vivants étaient passés là même où il courait, puis il remarqua le silence inhabituel de la forêt; comme si les oiseaux s'étaient enfui et que les écureuils étaient cachés immobiles dans les arbres.

Il se détourna soudain de son chemin : une senteur irrésistible l'avait pris à la gorge. Il suivit cette nouvelle piste pour arriver à un taillis où il trouva son camarade Nig, gisant sur le flanc. Il était mort, traversé de part en part par une flèche. Un peu plus loin, il découvrit un des chiens indigènes achetés à Dawson. Lui aussi était atteint par une flèche, agonisant dans les dernières convulsions.

Buck tendit l'oreille : du camp s'élevait une sorte de chant rauque et plutôt monotone. Il se mit à ramper à plat ventre au bord de la clairière et buta sur le cadavre de Hans. Il était couché sur la face; son corps était criblé de flèches comme un porc-épic. A l'instant où il découvrait Hans, Buck aperçut entre les branches un spectacle qui le remplit d'effroi. Son poil se hérissa. La présence qu'il avait senti de loin était sous ses yeux; une troupe de Peaux-Rouges Yeehats dansait leur victoire et leurs destructions autour de la cabane de John Thornton dont il ne restait que ruines fumantes.

Buck gronda férocement. Rage et passion détruisirent tous les conseils de prudence; il s'élança donc sans réfléchir pour tomber comme un tourbillon sur les Peaux-Rouges, ahuris et presque épouvantés. Buck était ivre de mort, bondissant de l'un à l'autre. Il sauta sur le chef et lui ouvrit la gorge d'un coup de dent mais il ne s'arrêta même pas pour l'achever. Il tourna sa rage sur le second guerrier qui subit un sort pareil. Les hommes tentèrent de résister, bien en vain. La bête semblait être partout à la fois, parvenant chaque fois à échapper à leurs coups. Elle semait une vraie terreur sur son passage. Les sauvages cherchaient à l'abattre à coups de flèches mais ne réussissaient qu'à se blesser les uns les autres sans jamais atteindre leur ennemi. L'un d'eux essaya de transpercer Buck avec une lance qui finalement pénétra dans la poitrine de l'un de ses compagnons. Il s'écroula avec un cri affreux.

La panique s'empara alors des Yeehats qui s'enfuirent dans la forêt, terrifiés et convaincus d'avoir vu l'apparition du Grand Esprit du Mal.

Buck poursuivit ses ennemis, assoifé de leur sang; il les poursuivit jusque dans les taillis pour les déchiqueter sans la moindre pitié. Les Peaux-Rouges complètement affolés, coururent dans toutes les directions. Ce ne fut qu'une semaine plus tard que les survivants, éparpillés, purent se réunir dans une vallée isolée : ils comptèrent leurs morts et plaignèrent les survivants.

Las de poursuivre ses misérables ennemis, Buck revint au camp dévasté, où il trouva le corps de Peter, roulé dans une couverture. La mort l'avait sur-

pris dès la première attaque. Autour de la cabane, on pouvait voir aux traces sur le sol que John s'était battu vaillament.

Buck poussait des cris plaintifs. Il courait, nez à terre, suivant une piste qui finalement le conduisit jusqu'aux rives d'un étang où il retrouva les traces du combat que son maître avait livré. Skeet était là, couchée, fidèle jusque dans la mort. Sa tête et ses pattes de devant baignaient dans des flots rougis par le sang... C'étaient dans ces eaux troubles et en apparence profondes que John Thornton avait disparu pour toujours.

Buck erra toute la journée autour de cet étang en poussant des gémissements de douleur. Il comprenait que son maître adoré avait disparu définitivement. Sa mort creusait dans son cœur un vide immense et qui serait impossible à combler. La seule chose qui parvenait à adoucir sa détresse, était de pouvoir contempler les cadavres de ses victimes. Buck était fier d'avoir tué des hommes, le plus noble des gibiers. Il reniflait leurs cadavres avec curiosité, tout surpris d'avoir pu triompher si facilement d'eux. Les hommes pouvaient pourtant être si redoutables! Désormais, Buck n'aurait plus peur d'eux.

La lune parut en plein ciel. Sa lumière était blanche et sépulcrale. Buck sentit la nuit s'installer dans la forêt et c'était une vie nouvelle toute différente qui commençait dans sa pénombre.

Buck se dressa, huma l'air : tout au loin, il percevait maintenant des aboiements qui se rapprochaient rapidement. Il reconnut une nouvelle fois cet appel ancestral si vivant en lui. Il s'avança sans remords car enfin il était complètement libre : libre de répondre à l'Appel et de lui obéir. John Thornton était mort. Plus rien ne le rattachait au monde des humains.

C'est alors que la meute des loups déboucha dans la clairière comme un flot argenté. Buck resta immobile comme une statue. Il les attendait. Son aspect leur fut si impressionnant qu'ils s'arrêtèrent un instant, interdits. Un des loups, plus hardi que les autres, sauta sur Buck qui lui tordit le coup en un éclair. Puis, il reprit sa pose majestueuse sans se préoccuper du loup qui agonisait à ses pieds. Trois autres loups tentèrent une attaque puis rebroussèrent chemin, la gorge ouverte d'une oreille à l'autre.

Finalement, la meute entière se jeta sur Buck dont l'agilité et la force réussirent à déjouer toutes les attaques de la horde.

Buck s'adossa à un talus pour empêcher les loups de le prendre sur son revers. Ainsi protégé de trois côtés, il réussit à se défendre avec tant de vaillance que les loups découragés reculèrent enfin. Les uns se sont couchés; la langue pendante et le sang coulant des nombreuses blessures. Les autres jappent; montrant leurs crocs étincelants; sans jamais quitter des yeux leur terrible adversaire. D'autres encore boient avidement l'eau de l'étang.

Tout à coup un loup grand et maigre se détache de la troupe. Il s'approche de Buck avec précaution et en gémissant doucement. Buck reconnaît aussitôt son frère sauvage, son compagnon d'une nuit et d'un jour. Leurs deux museaux se touchent et Buck sent dans son cœur une émotion nouvelle indéfinissable.

A son tour, un autre vieux loup se rapproche. Il est tout décharné et couvert de cicatrices. Buck re-

trousse ses babines, lui flaire les narines en remuant doucement la queue. Le vieux guerrier s'assied, pointe son long museau vers la lune et pousse un long hurlement mélancolique. Les autres loups reprennent en chœur...

Buck reconnaît alors l'Appel... Il s'assied et hurle avec les loups. Alors, la meute l'entoure, le renifle; son hostilité a disparu!

D'un seul coup, les chefs poussent le cri de chasse et s'élancent dans la forêt. La bande entière les suit hurlante; Buck court à côté de son frère sauvage. Il hurle maintenant comme lui, avec lui.

Ceci est la fin de l'histoire de Buck.

Mais, au bout de quelques années, les Indiens remarquèrent des changements dans la race des loups de la forêt. Ils étaient devenus de plus forte taille, et les jeunes avaient des taches fauves aux yeux et sur le museau. Certains avaient même une tache étoilée au front ou à la poitrine. Et aujourd'hui, parmi les Indiens Yeehats, on parle encore d'un Chien Esprit qui mène la bande de loups. Il est plus rusé que n'importe lequel d'entre eux. Les hommes ont peur de lui car n'hésitant pas à venir voler jusque dans leurs camps; renversant les pièges, tuant leurs chiens, s'attaquant même aux guerriers.

Plusieurs fois, des chasseurs qui s'aventurèrent dans la forêt n'en revinrent plus. On retrouva leur corps inerte, la gorge tranchée d'une oreille à l'autre. C'est une légende de plus à l'actif de l'Esprit du Mal : les femmes pleurent et les hommes deviennent bien sombres quand ils y pensent.

Tous évitent maintenant la vallée de l'étang car c'est dans ce lieu qu'apparaît le plus souvent un visiteur sorti de la région des grands bois et dont la présence jette la terreur partout où il passe.

On dit que c'est un loup géant : il a une superbe fourrure. Son air est hautain et il semble tout dominer. Parfois il descend jusqu'à une clairière où se trouvent déjà à demi recouverts par les herbes sauvages, des sacs en peau d'élan à moitié pourris. De ces sacs s'écoule un flot de poudre jaune.

Le grand loup s'arrête pour contempler ce butin. Il semble rêver, puis pousse un long hurlement d'une tristesse à glacer le sang. Ensuite seulement, il reprend sa course vers la forêt. C'est là qu'est désormais sa demeure.

Lorsque les longues nuits d'hiver arrivent, les loups sortent plus en avant du bois pour chasser le gibier, ils descendent même dans les vallées. On voit alors le grand loup courir en tête de la meute. Il bondit sous la pâle lumière de la lune ou dans la clarté d'une boréale. Il est vraiment immense, dominant tous ses compagnons et donnant le ton au chant de la meute. Ce chant qui est celui de la race depuis les tous premiers jours du monde.

ÉPILOGUE

LE CHIEN, CE FRÈRE DIT « INFÉRIEUR »
(The Other Animals)

Le journalisme, aux Etats-Unis, connaît parfois des crises hystériques et, lorsqu'elles se manifestent violemment, l'honnête homme doit se réfugier dans sa tour d'ivoire et laisser passer l'orage. Lorsqu'on inventa il y a quelques années l'expression de « maquilleurs de la nature », je me hâtai personnellement de grimper dans ma tour d'ivoire et je n'en bougeais plus. J'étais à cette époque à Hawaii : un journaliste d'Honolulu me fit avouer non sans peine que je me félicitais de ne faire autorité en aucune matière. Cette révélation fut câblée aussitôt à la Presse associée, en Amérique : ensuite, les journaux américains m'accusèrent de faire ma propre publicité à bon compte, à raison d'un dollar le mot.

La tempête s'étant calmée, faisons le point ensemble. Certes, je plaide coupable d'avoir écrit et publié deux histoires de bêtes, deux livres consacrés aux chiens, «L'Appel de la Forêt (1903) et «Croc-Blanc» (1906). A la vérité, ces deux romans ne se voulaient rien d'autre qu'un cri de révolte contre le procédé qui consite à humaniser les animaux à outrance et dont il me semblait que certains auteurs avaient trop abusé.

Plusieurs fois, j'ai répété dans mes écrits à propos de mes héros-chiens: «Ils ne réfléchissent pas à leurs actes, ils se bornent à les exécuter, etc.» J'ai maintes fois utilisé cette phrase, ce qui retardait l'action et empêchait mes règles artistiques de s'affirmer : si je le faisais, c'était pour mieux faire comprendre au lecteur que les personnages de mes romans n'étaient pas canalisés par des raisonnements abstraits, mais par l'instinct, la sensation, l'émotivité et le raisonnement simple. Par ailleurs, je m'efforçais de faire coïncider mes écrits avec les principes de l'évolution et conformément avec les concepts scientifiques. Et voilà comment je fus placé un beau jour au rang des «maquilleurs de la nature».

Dans une coupure de presse, le président Roosevelt prétendait en effet me condamner sur la base de deux chefs d'accusation.

1) J'avais fait rosser un chien-loup par un vigoureux bouledogue.

2) J'avais permis à un lynx de tuer un chien-loup au cours d'une bataille rangée.

Sur le second point, le Président s'est d'ailleurs égaré dans ses notes prises lors de la lecture de mon roman. Il l'a certainement parcouru trop rapidement car, dans le texte, mon chien-loup prend finalement le dessus sur le lynx: et non seulement il le tue, mais il finit par le manger.

Il n'y a donc que le premier point pour tenter de me convaincre d'erreur. Je reste convaincu qu'il s'agit d'une simple divergence d'opinion. Le Président ne croit pas bon de penser qu'un bouledogue puisse corriger un chien-loup; je pense, pour ma part, tout le contraire. C'est tout. Les courses hippiques se basent également sur des différences d'appréciations. Je ne vois pas la raison pour laquelle il n'en irait pas de même pour un combat de chiens. Ce qui me surprend encore davantage, c'est qu'une divergence d'opinion sur l'aptitude au combat d'un chien-loup et d'un bouledogue puisse me ranger parmi les «maquilleurs de la nature» et faire en revanche du président Roosevelt un savant incontestable et sûr de lui.

Ensuite M. John Burroughs vint corroborer les jugements du Président. Les deux hommes abondent dans le même sens. Burroughs pense que Roosevelt ne peut se tromper; Roosevelt est persuadé que Burroughs a toujours raison. Tous deux prétendent en chœur que les animaux ne sont pas doués de raison. Ils s'accordent pour soutenir que tous les animaux inférieurs à l'homme ne sont que des automates et qu'ils ne peuvent accomplir que deux sortes d'actes, mécaniques et réflexes, pour lesquels le raisonnement n'a pas cours. Selon eux, l'homme reste le seul animal capable de raisonner. Ce préjugé désuet fait sourire à juste titre le savant du XXe siècle. Elle appartient encore au Moyen-Age. En la préconisant, nos deux amis se dévoilent homocentriques de la même façon que les pédants des époques reculées et ignorantes. Si la rotondité de la terre n'avait été démontrée qu'après la naissance du président et celle de John Burroughs, ces derniers se seraient également montrés géocentriques dans leur théorie commune sur l'Univers. Ils n'auraient pu changer d'avis, car telle est la structure de leurs cerveaux. Ils prêchent le discours de l'évolution, alors qu'ils ne saisissent pas plus sa quintessence qu'un autochtone des mers du Sud ne peut comprendre le principe de la radio-activité.

Hélas ! le président Roosevelt n'est donc qu'un amateur. Il entend sans doute pas mal de choses à la politique ainsi qu'à la chasse au gros gibier: il est certes capable d'abattre un daim à l'occasion et de le peser et d'en prendre les mensurations: il peut encore à la rigueur analyser avec conscience et justesse les faits et gestes des mésanges et des bécasses: ensuite, après une étude approfondie, rédiger un rapport exhaustif traitant de la manière dont le premier écureuil, telle année, sous tels degrés de longitude et de latitude, s'est réveillé le printemps venu et s'est soudain mis à jacasser et à courir — mais qu'il puisse, en tant qu'observateur isolé, analyser toute vie animale, synthétiser et assimiler toutes les données sur les méthodes et les buts de l'évolution, croire cela équivaudrait de notre part à une naïveté encore plus considérable. Non, il faut bien constater que le président Roosevelt ne comprend rien à l'évolution et qu'il ne paraît même pas faire beaucoup d'efforts pour la comprendre.

Quant à John Burroughs, qui se dit évolutionniste accompli, il est pénible pour un homme jeune de critiquer un autre homme d'un certain âge. Habituellement, les jeunes sont plus réservés sur ces questions, alors que les vieillards, monopolisant une sagesse qu'il compare souvent à tort avec leur grand âge, se montrent agressifs. Dans ce cas précis, le vieillard s'est montré l'agresseur alors que moi, le jeune, je gardai longtemps le silence. Mais tout a une fin.

Essayons, en premier lieu, d'analyser la position de M. Burroughs, sur lea base d'extraits de ses écrits.

«Pourquoi attribuer de la raison à un animal, quand la théorie de l'instinct suffit pour expliquer son comportement ?»

De nombreuses personnes semblent avoir acquis la conviction que les animaux raisonnent... Mais l'instinct suffit aux animaux... ils se tirent fort bien d'affaire sans raisonner... Darwin s'est efforcé de se persuader qu'en certaines circonstances les animaux témoignent d'un raisonnement rudimentaire; mais Darwin était meilleur naturaliste que psychologue.»

Cette dernière phrase démontre, de la part de M. Burroughs, qu'il refuse même aux animaux un raisonnement rudimentaire et que l'instinct seul peut expliquer tous les actes des animaux, là où un observateur maladroit et étourdi attribuerait cela au raisonnement.

Après nous avoir gratifié de cette délicieuse partie, M. Burroughs se met en devoir, avec un calme et satisfaction admirables, de la décortiquer de la manière suivante: Il rapporte quantité d'exemples d'actes purement instinctifs chez certains animaux et demande triomphalement si ce sont des actes dus au raisonnement. Il nous raconte l'histoire d'un rouge-gorge qui, jour après jour, se battait contre son image-reflet qu'il observait dans une vitre; d'oiseauxde l'Amérique du Sud, coupables de percer de part en part un mur de torchis qu'ils avaient pris pour un talus d'argile solide; d'un castor coupant un arbre à quatre hauteurs différentes parce qu'il était retenu au sommet par les branches des arbres voisins; d'une vache qui léchait la peau de son veau empaillé avec un e telle affection qu'elle finit par la déchirer, alors elle se mit à manger le foin qui la composait. Il cite un phoebé qui rend plus visible son nid sous un porche en s'éenervant à le dissimuler avec de la mousse, comme ceux qui nichent dans les rochers. Un pic encore, qui perçait en plusieurs endroits les volets d'une maison vide, cherchant vainement une épaisseur de bois suffisante pour y préparer son nid. Il cite encore l'exem-

ple des marmottes migratrices de Norvège qui plongent dans la mer et s'y noient par centaines parce que leur instinct les pousse à traverser en nageant les lacs et les rivières lors de leur exode.

Après la citation de quelques autres cas du même style, il demande, tout fier: «Où en est maintenant le raisonnement chez les animaux inférieurs ?»

Il n'y a pas un collégien qui oserait argumenter avec une si évidente mauvaise foi.

Non ! Non ! M. Burroughs, vous ne pouvez prouver que les animaux sont privés de raisonnement en voulant démontrer qu'ils ont des instincts.

Les actes que M. Bourroughs présente comme provenant de l'instinct, le sont certainement. Si on emploie la même logique, on peut attribuer à l'instinct bon nombre d'actions humaines et en conclure que l'homme est aussi un animal privé de raison. Pourtant l'homme accomplit des actes des deux genres. Entre lui et les animaux inférieurs, M. Burroughs creuse le fossé énorme: l'homme est censé agir sous l'impulsion de sa propre volonté alors que l'animal ne serait qu'un automate. Le rouge-gorge se bat contre son image dans la vitre parce que tel est son instinct et parce qu'il est absolument incapable de raisonner sur les lois physiques; il prend son reflet pour la réalité. L'animal est un mécanisme qui fonctionne selon des règles établies à l'avance. Il a la faculté de répondre par des réflexes aux mobiles éternels. Ils ont été acquis par l'espèce suite à l'adaptation à son milieu. M. Burroughs affirme qu'il est impossible que l'animal puisse s'adapter de manière efficace à des circonstances étrangères et pour lesquelles son hérédité n'a pas imaginé une solution automatique.

Ce serait un acte non instinctif et, d'après M. Burroughs, l'animal n'est mû que par l'instinct.

Lorsque j'étais enfant, j'avais un chien du nom de Rollo. Selon les théories de M. Burroughs, Rollo n'était qu'un automate répondant de façon mécanique aux stimuli extérieurs, ainsi que l'y poussaient ses instincts. Comme chacun le sait, l'acquisition d'une habitude instinctive chez les animaux se fait lentement. Il n'existe aucun cas connu de l'apparition d'un seul instinct chez les animaux familiers dans toute l'histoire de la domestication. Les instincts qu'ils ont, ils les ont acquis au cours des milliers d'années d'existence à l'état sauvage. C'est pourquoi tous les actes de Rollo étaient des réflexes provoqués mécaniquement par les instincts développés et assimilés par son espèce plusieurs milliers d'années auparavant. Par conséquent, à l'évidence, il aurait dû agir dans nos jeux suivant la manière ancienne relative aux facteurs physiques et moraux de son entourage, suivant les procédés d'adaptation acquis dans la vie sauvage et transmis au fil de l'hérédité.

D'une manière générale, nos jeux étaient assez violents. Nous nous poursuivions l'un l'autre à tour de rôle. Il s'amusait à mordiller mes jambes, mes bras, mes mains, parfois assez fortement jusqu'à me faire crier; pour ma part, je le roulais au sol, lui faisait faire la culbute et le traînais assez brutalement. Nous aimions à varier nos exercices. Parfois je m'asseyais par terre et je faisais semblant de pleurer. Alors inquiet et repentant, il secouait sa queue et me léchait le visage: je lui riais au nez. Il n'aimait pas cela et s'élançait aussitôt sur moi tout content, mais les crocs menaçants et nos jeux recommençaient.

Je marquais un point. Alors lui-même inventa un tour à sa façon.

Un jour que j'étais à sa poursuite dans le bûcher, je le découvrai dans un coin en train de bouder. Pourtant il aimait ce jeu et ne s'en lassait jamais. Mais cette fois-là, il me trompa. Je m'imaginai que j'avais de quelconque façon brusqué ses sentiments et, tout en m'agenouillant à ses côtés, je me mis à le caresser en lui murmurant quelques paroles amicales. Aussitôt, il se dressa d'un bon, me renversa sur le sol et courut comme un fou autour de la cour. C'était à lui de marquer un point.

Après quelque temps, nous arrivions à rivaliser de ruses. Je raisonnais mes actes, bien sûr, tandis que lui n'obéissait qu'à son instinct... Un jour qu'il faisait semblant de bouder encore dans son coin, je m'arrêtai sur le seuil du bûcher et, simulant la joie sur mon visage, dans mes paroles et mon intonation, j'adressai un salut fictif à un de mes compagnons de classe. Aussitôt Rollo changea d'attitude et se rua à l'extérieur à sa rencontre. Mais il ne vit personne. A son tour d'être ridicule: il se rendit compte de la situation et je lui fis bien sentir. Je parvenai à le berner de cette manière à deux ou trois reprises, puis bientôt il ne se laissa plus prendre.

Un autre jour, j'essayai une variante au procédé. Regardant subitement dans la direction du jardin, je fis comme si mes yeux suivaient une personne en train de marcher et je dis calmement, du ton d'un enfant habitué à recevoir les créanciers: «Non, mon père n'est pas à la maison». Tel une flèche, Rollo jaillit de la porte et parcourut l'allée, cherchant vainement le pseudo-visiteur à qui

j'avais feint de m'adresser. Puis, il revint sur ses pas, tout penaud, pour se faire moquer et reprendre nos jeux.

Maintenant, regardons les faits. Je trompai Rollo, mais comment cela fut-il possible ? Que se passa-t-il exactement dans son cerveau ?

Si nous en croyons M. Burroughs, qui dénie tout raisonnement même rudimentaire aux animaux inférieurs, le chien agissait d'instinct et répondait automatiquement au stimulant externe que je lui fournissais, qui lui laissait croire à une présence humaine à l'extérieur de la maison. Du fait qu'il agissait d'instinct et que tous les instincts remontent à une période très reculée, bien avant la domestication de l'espèce, nous ne pouvons conclure qu'une chose: les ancêtres sauvages de Rollo, à l'époque où cet instinct particulier se fixa dans l'héridité de l'espèce, ont dû se trouver en contact étroit avec l'homme; la voix de l'homme ainsi que les expression du visage. Mais si l'instinct a dû se former dans les temps qui ont précédé la domestication, de quelle manière les ancêtres sauvages de Rollo ont-ils pu fréquenté l'homme ?

M. Burroughs affirme aussi que «l'instinct suffit aux animaux... qui se tirent fort bien d'affaire sans le raisonnement». Mais je maintiens, et sans nul doute tous les «maquilleurs de la nature» partageront-ils mes propos, que Rollo raisonnait. A sa naissance, il représentait un paquet d'instincts et une pincée de matière célrébrale, le tout enfermé dans une carcasse faite d'os, de chair et de poils. Simultanément à son adaptation à l'ambiance, il acquérait déjà des éléments d'expérience. Entre autre, il apprit qu'il ne fallait pas courir après le chat, sauter sur les poulets, ni se pendre après les jupes des petites filles. Il apprit que les petits garçons ont certains compagnons de jeux; que des gens peuvent pénétrer à l'arrière des cours, que l'animal humain aime saluer, par des paroles ou des expressions, ses congénères qu'il rencontre. Tout cela, il l'apprit et l'assimila, sans plus jamais l'oublier. Autant d'observations de sa part, autant de problèmes à résoudre. Alors que se passa-t-il derrière ces yeux bruns, dans cette pincée de matière cérébrale quand, me tournant vers la porte, je m'adressai à une personne imaginaire ? Instantanément, parmi les milliers d'observations emmagasinées dans son cerveau, se présentèrent celles qui étaient associées à une situation précise. Puis, il établit un parallèle entre ces observations, ce qui détermina, comme en conviendra tout psychologue, une réaction des cellules de sa matière grise. Cet acte constitue un raisonnement rudimentaire, d'accord, mais quand même un acte de raison.

Certes, il fut berné. Mais nous ne sommes pas qualifiés pour tirer vanité de ce résultat. Combien de fois chacun d'entre nous n'a-t-il pas été berné de manière parfaitement semblable ?

Voici un fait qui eut lieu dans l'Ouest: un malandrin s'était introduit dans un wagon de chemin de fer. Il arpentait l'allée centrale entre les banquettes jusqu'au conducteur qu'il braqua avec son revolver. Le conducteur était à sa merci mais, soudain, regardant par-dessus l'épaule du malfaiteur, il s'écria en s'adressant à un personnage imaginaire: «Ne tire pas !» Prestement, l'homme se retourna pour affronter ce danger inconnu et aussitôt le conducteur en profita pour l'abattre.

Pouvez-vous me montrer, M. Burroughs, la différence du processus mental entre le conducteur et

Rollo et je cesserais aussitôt de maquiller la nature pour me retirer à la Trappe. A coup sûr, quand le processus mental d'un homme et d'un chien se rejoignent à ce point, l'abîme imaginé par M. Burroughs se trouve comblé du même coup.

A Oakland, je possédais un autre chien appelé Glen. Son géniteur était un chien-loup, provenant d'Alaska, et sa mère une chienne de berger des montagnes, à-demi sauvage: aucun des deux n'avait jamais vu une automobile. Glen vint de la campagne pour habiter à Oakland. Immédiatement, il se prit de passion pour une automobile. Il était fou de joie quand on lui permettait de s'installer à côté du chauffeur. Il aurait passé des journées entières à se griser d'auto, même au détriment de ses repas. Il arrivait que la voiture parte directement du garage et disparaisse. Plusieurs fois, Glen dut rester ainsi à demeure. Il fut alors convenu que si l'un de nous prenait la voiture, il klaxonnerait avant de partir. Glen ne tarda pas à comprendre le signal. Où qu'il se trouvât à cet instant, et quoi qu'il fî t, il s'élançait vers le garage en l'entendant et sautait sur le siège avant.

Un matin, alors qu'il était en train d'avaler sa bouillie de maïs sous le porche arrière, le chauffeur corna. Tout joyeux,Glen dégringola les escaliers et se rua prendre sa place, la bouillie dégoulinant encore de ses babines. Le fait de renoncer à son repas pour la voiture soulignait de son libre arbitre, apanage magnifique qui, selon M. Burroughs, n'appartient qu'à l'homme. Pourtant Glen sut faire son choix entre le plaisir et la nourriture, il préférait de loin la promenade. Mais hélas, le coup de trompe n'était qu'une plaisanterie. La voiture ne démarra pas. Glen attendait, perplexe. Il retourna vers sa gamelle, ne sachant reconnaître l'indice d'un départ imminent, et se remit à manger avec une hâte gloutonne, comme un homme qui craint de manquer son train. Tout à coup, la trompe se remit à gémir et Glen quitta de nouveau sa pâtée, monta sur le siège et attendit en vain. Son déjeuner faillit s'en trouver perturbé, car le pauvre chien fut maintenu dans cette douloureuse alerte un certain temps, entre sa gamelle et le véhicule. Mais il devint méfiant. Plus tard, nous eûmes beau klaxonner avec insistance, il ne quitta plus son repas avant de l'avoir avalé tout entier. Il venait de faire la démonstration, une nouvelle fois de son libre arbitre et du contrôle sur lui-même, car à chaque coup de trompe il se retenait tout de même de bondir en direction du garage.

Un «maquilleur de la nature» analyserait de la façon suivante ce qui se passait dans le cerveau de Glen. Le chien avait, dans courte vie, acquis certaines expériences qu'aucun de ces ancêtres n'avait pu connaître. Il apprit qu'une auto se déplace rapidement et qu'une fois en marche il lui était alors impossible d'y' accéder. Or le raisonnement peut être considér comme le processus mental par lequel on peut passer de propositions admises à des propositions nouvelles. Il déduisit de sa propre observation, ceci: dès que retentissait le klaxon, le moment était venu pour lui de sauter dans la voiture.

Mais ce matin-là, le chauffeur trompa Glen. A son grand déplaisir, Glen constata que son raisonnement était faux: la voiture ne partit pas. Mais raisonner de manière fausse est très humain. La difficulté principale, dans ces cas-là, consiste à n'oublier aucune donnée du problème sous tous ses angles. Glen n'en avait oublié qu'une: l'humeur farfelue du chauffeur. Plusieurs fois il fut berné. Il accomplit alors un nouvel acte mental dans lequel il tint compte du facteur humain et il en arriva à cette conclusion nouvelle: quand il entendait la trompe, la voiture n'allait pas partir. Fort de cette conviction, il demeura sous le porche et termina sa pâtée. Tous, y compris M. Burroughs, exécutons quotidiennement des actes raisonnés parfaitement identiques. Je ne sais comment il s'y prendra pour m'expliquer par la théorie de l'instinct l'acte de Glen.

Le Dr. C.J. Romanes cite l'exemple d'une femelle de chimpanzé à laquelle on avait appris à compte des brins de paille jusqu'à cinq. Elle les exhibait dans sa main et les laissait dépasser jusqu'au nombre voulu. Si c'était trois, elle en montrait trois et ainsi de suite.

Tout cela n'est qu'une banale affaire de dressage. Mais, M. Burroughs, prenez tout de même note de ce qui suit. Quand on lui demandait cinq fétus, alors qu'elle n'en possédait que quatre, elle en pliait un et faisait voir ses deux extrémités, obtenant ainsi le nombre qu'on lui demandait. Ce petit stratagème ne se réalisa pas seulement une fois par hasard. Elle pouvait le répéter autant de fois qu'on lui réclamait une quantité supérieure à celle dont elle disposait. Accomplissait-elle là un acte de raisonnement ? ou n'était-ce que la manifestation d'un instinct aveugle ? Si M. Burroughs ne peut argumenter une réponse satisfaisante, libre à lui de traiter le Dr Romanes de «maquilleur de la nature» et de rayer cet incident de sa mémoire.

C'est d'ailleurs une façon de s'en tirer fort en vogue actuellement aux Etats-Unis. C'est certaine-

ment la tactique que M. Burroughs adoptera comme il l'adopte avec une fréquence affligeante.

Si un malheureux écrivain s'avise de noter ce qu'il a vu et que par malheur ses déductions s'opposent aux théories poussiéreuses de M. Burroughs, il s'entend aussitôt traiter par ce dernier de «maquilleur».

Quand se présente un homme de la valeur de M. Hornaday, M. Burroughs introduit alors une variante au procédé.

M. Hornaday s'est livré à une étude approfondie de l'orang-outang en captivité et dans son milieu naturel. De plus, il a observé de près beaucoup d'autres espèces d'animaux supérieurs. Sous les Tropiques, il a voulu mieux connaître les spécimens inférieurs de l'humanité. Cet illustre savant jouit d'une réputation mondiale. Lorsqu'on lui demanda s'il croyait au raisonnement chez les animaux, il répondit qu'autant vaudrait lui demander si les poissons nageaient.

M. Burroughs, soit dit en passant, ne s'est guère penché sur les types inférieurs de l'humanité, pas plus que sur les animaux supérieurs. Il demeure dans un district rural de l'Etat de New York et se consacre principalement aux oiseaux vivant dans espace restreint. Il n'a donc pu y rencontrer ni animaux supérieurs, ni hommes inférieurs.

Pourtant la réplique de M. Hornanay inflige à sa théorie homocentrique un camouflet tel qu'il lui faut réagir d'une façon ou d'une autre. Voici quelle fut sa réponse: «Je soupçonne M. Hornaday d'être meilleur naturaliste que psychologue judicieux.» Là-dessus, M. Hornaday n'a plus qu'à s'effacer. Qu'est-ce après tout que ce Monsieur ? Le sage a parlé !

Darwin conclut que les animaux sont capables d'un raisonnement rudimentaire, M. Burroughs l'écarte de la même manière: «Darwin valait mieux comme naturaliste que comme psychologue», et cela au mépris de la longue vie de laborieuses recherches de Darwin qui, lui, ne s'est pas confiné dans un district rural comme M. Burroughs dans sa résidence.

Venons-en maintenant aux processus mentaux de M. Buroughs — à la psychologie de son moi, si vous préférez.

Pour lui, malgré la bonté protectrice qu'il leur témoigne, les animaux dits inférieurs le sont à un degré de répugnance. Il estime odieuse toute idée d'affinité et de parenté entre eux et lui. Imbu de son importance, il juge un abîme infranchissable qui les sépare.

Après tous ces exemples que j'ai relatés d'actes accomplis par des animaux et où l'instinct n'avait rien à voir, M. Burroughs pourrait sans doute me répondre: «Vos exemples s'expliquent à la rigueur par les lois de l'association des idées.»

En premier lieu, lui répondrais-je, pour quelle raison refuser aux animaux un raisonnement rudimentaire ? Et pourquoi affirmer tout net que «l'instinct leur suffit»?

Alors, bien à contrecœur et rempli de modestie étant donné ma jeunesse, je me permets d'insinuer que vous ne connaissez pas exactement la valeur de ces mots: «Les simples lois de l'association des idées.»

Les définitions doivent s'accorder non avec les individus, mais avec la vie. M. Burroughs part du principe qu'une définition est quelque chose d'absolu et d'immuable. Il en oublie que l'univers dans sa totalité est à l'état changeant et que, de ce fait, les définitions sont arbitraires et éphémères; qu'elles fixent, pour un espace de temps fugitif, des choses qui n'existaient pas dans le passé et ne seront pas dans l'avenir. Il n'est pas possible de régler la vie sur des définitions, ni élaborer des définitions permettant de régler la vie.

M. Burroughs ne fait qu'effleurer l'évolution de la raison. Il la définit sans tenir compte de son historique. La raison humaine n'a pas été créée, elle s'est formée elle-même. Son origine remonte au limon primitif; elle débute avec le premier atome inorganique doué de vie et se continue par les échelons de son ascension de la boue à l'homme; réflexe simple, réflexe composé, mémoire, habitude, raison rudimentaire, raison abstraite.'

Au cours de ce perfectionnement, grâce à la sélection naturelle, se développa l'instinct. L'habitude est une création de l'individu. L'instinct est une coutume commune à une race: il est aveugle, irraisonné, mécanique. Il représente les variantes d'objectifs dans les aspirations de la vie en progrès. Nous le rencontrons à son plus haut degré dans la fourmilière et dans la ruche. Il a abouti à une impasse: mais l'autre route, celle de la raison, est parvenue peu à peu, même à M. Burroughs, à vous et à moi.

Il n'existe aucun abîme infranchissable, à moins que l'on ne décide, comme M. Burroughs, d'ignorer totalement les types d'humanité inférieure et les types d'animaux supérieurs et de comparer le cerveau de l'homme avec celui de l'oiseau. Le raisonnement abstrait demeura impossible jusqu'au développement du langage. Avec l'outil de la pensée, le lent progrès de la faculté de raisonner dans l'abs-

trait se poursuivit, ce que ne possèdent peu ou pas les humains inférieurs. Avec chaque mot inventé, avec chaque extension de la complexité de la pensée, avec chaque acquisition de faits reconnus se poursuivirent les actions et les réactions dans la matière grise de l'auteur du langage et, peu à peu, sur des centaines de milliers d'années, la faculté de raisonner se perfectionna.

Si l'on met une abeille dans une bouteille, et si l'on tourne cette bouteille vers une lampe allumée de façon que le goulot ouvert soit au point le plus éloigné de la flamme, sans cesse l'abeille se lancera vainement contre le fond de la bouteille pour sortir vers la lumière. C'est de l'instinct.

Maintenant enfermez votre chien dans la cour arrière et partez de la maison. C'est votre chien, il vous aime. Il souhaite votre présence, comme l'abeille aspire à la lumière. Il écoute le bruit de vos pas qui s'éloignent. Mais la clôture est trop haute. Alors il tourne le dos à la direction que vous avez prise et s'élance autour de la cour. Il cherche un trou dans la clôture ou un endroit où elle est moins élevée. Il aperçoit une caisse d'emballage dressée contre elle. Hop ! il bondit sur la caisse, puis par-dessus la clôture et sa course forcenée pour vous rejoindre soulève la poussière de la rue. N'est-ce là que de l'instinct ?

Restons humbles. Nous autres, humains, sommes très près de l'animal. La parenté de race avec les autres animaux ne répugne pas plus à M. Burroughs que la théorie héliocentrique offusquait les évêques qui forcèrent Galilée à se rétracter. Ce n'est pas la raison de l'homme, et pas davantage l'évidence du fait acquis qui expliquent cette antipathie, mais l'orgueil du moi.

Dans son orgueil obstiné, M. Burroughs court un risque plus humiliant que ne lui ferait subir un degré quelconque de parenté avec les autres animaux. Quand un chien fait preuve de libre arbitre, de maîtrise de soi et de raisonnement, lorsqu'il est démontré que certains processus mentaux de ce chien se reproduisent exactement de la même manière dans le cerveau humain; si après cela, M. Burroughs nous prouve que tous les actes de cet animal sont automatiques, alors en lui servant les mêmes arguments, on peut lui rétorquer que les actes similaires de l'homme ne sont de la même façon que mécanismes et automatismes.

M. Burroughs, bien que vous soyez sur la dernière marche de l'échelle de la vie, vous avez tort de rejeter du pied cette échelle. Ne reniez pas vos ancêtres les animaux. Leur histoire est aussi la vôtre et si vous les poussez au fond de l'abîme, vous ne tarderez pas à y rouler inévitablement vous-même. Ce que vous leur refusez, vous le refusez à vous-même... beau spectacle, en vérité, que celui d'un animal supérieur s'efforçant de répudier la matière vitale de laquelle il est issu et cherchant à utiliser la raison même développée par l'évolution, à nier cette évolution même. L'égoïsme peut y trouver son compte, mais la science ne saurait s'en satisfaire.

Papeete, Tahiti, *mars 1908.*

Table des matières

Imprimé par PPO - Pantin
Relié par Ouest-Reliure - Rennes